Lothar Höhn

Die Paradiespflanze

Eine gar außergewöhnliche Geschichte

Novelle

Lothar Höhn

Die Paradiespflanze

Eine gar außergewöhnliche Geschichte

Novelle

wesText
Verlag & Agentur

Impressum

www.westext.de

Autor: Lothar Höhn
1. Auflage

Gestaltung & Cover:

Printed in Germany
Klimaneutral gedruckt auf Papier mit FSC-Mix Zertifizierung

Print ISBN 978-3-944972-53-4
E-Book ISBN 978-3-944972-54-1

I

Gottfried Heiler, dessen Schicksal untrennbar mit den wundersamen Geschehnissen um die Paradiespflanze verwoben ist und dessen Lebensgeschichte hier erzählt werden soll, schrieb vor nicht allzu langer Zeit die folgenden Zeilen in sein Tagebuch.

„Als ein gebrechlicher, von Schmerzen Geplagter, der langsam auf die 90 zuging, lebte ich als zurückgezogener Junggeselle in einem der vielen Hochhäuser in der Peripherie einer mittleren Industriestadt in einer Dreizimmerwohnung. Meine Freunde und guten Bekannten lagen bereits alle unter der Erde. Niemand von den anderen Hausbewohnern, die hauptsächlich mit sich selbst beschäftigt waren, kannten mich persönlich. Ein Haustelefon und ein Handy konnte ich gut entbehren, denn wen hätte ich anrufen oder wem texten sollen? Was ich für das tägliche Leben benötigte, kaufte ich im nahe gelegenen Supermarkt. Die dort überbeschäftigten Kassiererinnen und Angestellten, die sich mit dem Befüllen der Regale und anderen routinemäßigen Handlungen befassten, hatten keine Zeit, sich mit mir auf eine Plauderei einzulassen. Und ich war damals nicht in der Stimmung, mich mit irgendjemandem unterhalten zu wollen. So blieb ich als alter weißhaariger Monsieur mit eingefallenen Wangen und einer Stirn voller tiefer Runzeln in dieser Betriebsamkeit ziemlich anonym.

Quälende Fragen belasteten mich zu jener Zeit. Was würde mit mir geschehen, wenn sich meine Augen für immer schlössen? Wie lange würde ich in meiner Wohnung unentdeckt liegen? Würde mein Tod vielleicht erst vom Rentenamt bemerkt, wenn das von mir jährlich auszufüllende Formular der Lebensbescheinigung ausbliebe? Wahrscheinlich wäre in diesem Fall einfach die Überweisung der Altersversorgung auf mein Bankkonto eingestellt worden. Vielleicht hätten die Bankangestellten, die mich ein wenig kannten, mein Fernbleiben konstatiert, weil ich mir nicht wie einst üblich monatlich einen Teil meiner kärglichen Altersrente am Schalter hätte auszahlen lassen. Das fand jedoch seit Jahren nicht mehr statt, weil ich das am Bankautomaten erledigte. Weder der zumeist im Ausland lebende Hausbesitzer noch dessen Hausverwalter, der sich nur hatte blicken lassen, wenn er gerufen wurde, weil etwas mit der Wohnung nicht stimmte, hätten meinen Abschied von dieser Welt festgestellt, solange die monatlich fällige Miete automatisch überwiesen worden wäre. Nur um das Begleichen der Elektrizitäts- und Wasserrechnungen, was einmal pro Jahr erfolgte, kümmerte ich mich noch selbst. Hätte ich keine Bezahlungen mehr vorgenommen, hätten die Stadtwerke gemahnt, dann gesperrt und irgendwann wäre der Gerichtsvollzieher gekommen. Die Polizei wäre gerufen worden, die schließlich die Wohnung hätte aufbrechen müssen. Meinen verwesten Körper hätte man ins Krematorium transportieren lassen; anschließend wäre das nach der Verbrennung zurückgebliebene kleine Häufchen Asche an einen hierfür bestimmten Ort gebracht oder vielleicht gleich mit dem Müll entsorgt worden; vielleicht hätte sie auch der Wind verweht, wenn sie irgendwo ausgestreut worden wäre.

Mein körperlicher Zustand verschlechterte sich zusehends, nachdem ich eine falsche Bewegung gemacht hatte und ich mich in jenem Moment vor Schmerzen kaum noch rühren konnte. Höchstwahrscheinlich hatte es sich um einen Bandscheibenvorfall gehandelt. Auf dem Boden liegend hatte ich versucht, diesem Missgeschick durch leichte Bewegungen entgegenzuwirken, was sich tatsächlich als hilfreich herausstellte; nur ein deutlich besser zu ertragender Schmerz war geblieben. Was mich damals besonders quälte, war das linke Hüftgelenk; die Qual war manchmal so stark, dass ich mich in solchen Momenten am liebsten nur noch auf allen vieren kriechend fortbewegt hätte. Manchmal verzichtete ich deshalb komplett auf das schmerzhafte An- und Ausziehen, hinkte tagsüber oft im Schlafanzug herum oder verbrachte die Nacht noch angekleidet auf dem Bett. Immer öfter war mir zumute, als erlöschen meine körperlichen Kräfte immer schneller. Ich verglich mich mit einer Kerze, die abgebrannt war und deren Docht nur noch etwas glomm. Und immer wieder stellte ich mir die bange Frage, wie das wohl alles enden würde.

Um mich herum wohnten Nachbarn in größeren Appartements. Direkt über mir hauste eine Familie mit lebhaften und lärmenden Kindern. Die meisten Hausbewohner lebten aber für sich. Niemand wusste, dass ich ganz allein war, und wenn ich gelegentlich jemanden im Fahrstuhl traf, dachte man wahrscheinlich, ich sei nur ein Besucher.

Hin und wieder fragte ich mich, ob ich nicht wenigstens einen Nachbarn bitten sollte, mir einen Arzt zu rufen. Doch wie hätte der reagiert? Hätte er mich sofort in ein Krankenhaus transportieren lassen oder mir lediglich schmerzstillende Medikamente verschrieben? Hätten sich die Mediziner für einen Gebrechlichen, dessen irdische Zeit so gut wie abgelaufen schien, noch die Mühe gemacht, eine kostspielige Operation durchzuführen oder teure Therapien zu verschreiben?

Vielleicht hatte ich mir das alles viel zu düster ausgemalt und alles wäre vortrefflich verlaufen. Vielleicht wäre ich für meine letzten Tage sogar in einem Heim mit exzellenter Pflege untergekommen. Es hätte die befürchtete Verwesung nie gegeben; andererseits hätte ich meine geliebte Unabhängigkeit verloren, die ich doch so lange wie möglich auskosten wollte.

Würde ich doch nur etwas entdecken, was meine körperlichen Beschwerden entfernt, dachte ich immer wieder. *Möglicherweise gibt es sogar ein ganz besonderes Heilmittel, das ich nur entdecken muss. Wenn es mir gelänge, diesem auf die Spur zu kommen, wäre ich nicht auf Nachbarn angewiesen und bräuchte auch keine ärztliche Hilfe*, kam es mir in den Sinn.

Der Gedanke hallte noch in meinem Kopf nach, als mir einem Geistesblitz gleich eine Erinnerung bewusst wurde. Mir fiel die Geschichte ein, die meine Urgroßmutter mir erzählte, als ich ein Junge war. Sie berichtete von einer besonderen Medizinpflanze, die jedoch nur ein einziges Mal wirken würde. Es handelte sich dabei um eine Heilpflanze mit mannigfaltigen Fähigkeiten, das menschliche Dasein enorm zu verändern. Sie ermögliche das Erreichen biblischen Alters von durchschnittlich 250 Jahren, verleihe alten Menschen innerhalb kürzester Zeit wieder jugendliche Kräfte und Gesundheit, die ursprüngliche Haarfarbe käme zurück, tiefe Falten im Gesicht verschwänden, alle Altersbeschwerden vergingen und alles wäre fast wieder wie in den besten Jahren. Selbst der menschliche Charakter erführe eine Veredlung. Worüber ich jedoch bei Urgroßmutters Bericht über diese sogenannte Wunderpflanze am meisten gestaunt hatte, war die Aussage, dass selbst 200-jährige Männer noch hätten Kinder zeugen können und Frauen in der Lage gewesen wären, bis ungefähr zum 180. Lebensjahr Kinder zu gebären.

Die Leute, die zurzeit meiner Urgroßmutter lebten und ihren Urenkeln von dieser Wunderpflanze berichteten, betrachteten das jedoch alles nur als Sage, als Geschwätz, als puren Unsinn.

Wenn es diese Pflanze doch nur gäbe, wünschte ich. Auch ich hielt das Ganze für eine Mär. Ich kam allerdings ins Grübeln, denn meine Urgroßmutter beschrieb die Pflanze so genau, als ob daran etwas Wahres sei. Die Blätter hätten die Form eines Eichenblattes mit spitz zulaufenden Enden, wären aber nur ein Viertel so groß, und wer das Blatt sorgfältig betrachte, sähe ganz deutlich die Farben eines Regenbogens darauf. Die dreißigblättrige Pflanze wüchse nicht höher als 30 cm. Ein Blatt mit sieben Esslöffeln Wasser aufgekocht würde genügen, um diesen Allheiltrunk herzustellen. Von dem Sud solle dreimal pro Tag ein voller Teelöffel vor jeder der drei täglichen Mahlzeiten solange eingenommen werden, bis die bittere, angeblich heilwirkende Flüssigkeit aufgebraucht sei, dann würde das Blatt seine komplette Wirkung entfalten. Dieses sonderbare Gewächs sei äußerst selten dem Erdboden entwachsen und in der Nähe der Stadt, in der ich damals wohnte, mehrere Hundert Jahre zuvor zum letzten Mal gesichtet worden. Aha! Also doch alles Humbug?

Immer wieder hatte ich an diese wunderliche Geschichte meiner Uroma denken müssen und mich gefragt, ob es diese Traumpflanze tatsächlich gegeben haben könnte. Und wenn ja, vielleicht gibt es sie sogar noch heutzutage. *Wäre es nicht herrlich, wenn ich sie auffinden könnte?*, fantasierte ich in jenen Tagen. Allerdings – das wurde mir bewusst – mussten schon zu der Zeit, als meine Urgroßmutter ein kleines Mädchen war, dicht bewachsene Wälder der Erweiterung der Stadt und dem Asphaltieren von Straßen weichen, sodass unter diesem Aspekt wahrscheinlich gar keine Hoffnung mehr bestand, diese mirakulöse Pflanze, wenn sie denn je existiert haben sollte, zu finden."

II

Die ganze Nacht hatte der alte Gottfried Heiler kein Auge zu gemacht. Seit ihm die Geschichte über die Paradiespflanze wieder eingefallen war, ließ sie ihn nicht mehr los. Während er beim Umdrehen auf seinem Bett erneut von einem schneidenden Schmerz geplagt wurde, fasste er den Entschluss, sich in den nahe gelegenen Wald zu begeben, um nach dieser ominösen Pflanze zu suchen, koste es an Anstrengung, was es wolle. Nichts würde ihn davon abhalten.

Schon im frühen Morgengrauen nahm er alle seine Kräfte zusammen, kleidete sich im Schneckentempo an, bereitete ein ausgiebiges Proviantpaket zu, packte es mit Messer, Gabel, Löffel in einen kleinen Rucksack, nahm seinen Stock und hinkte langsam zielbewusst zum Wald. Niemand bemerkte ihn. Zudem war Sonntag. Die meisten schliefen nach der anstrengenden Arbeitswoche aus.

Nur mühsam hielt sich der Alte an seinem Stock aufrecht. Am Waldrand setzte er sich ermattet auf einen Baumstumpf, um sich von den Strapazen des kräftezehrenden Laufens auszuruhen. Er saß ziemlich schief, aber so quälten ihn die physischen Leiden weniger.

Nach einer halben Stunde gab er sich einen Ruck, stand schwerfällig auf und humpelte gemächlich tiefer in den Wald hinein. Wenn er die viel begangenen Wege entlang hinkte, würde er die Pflanze sicherlich nicht finden, dachte er sich. So begab er sich in ein noch unberührtes Stück Wald.

Glücklicherweise war es ein warmer, sonniger Frühsommertag. Der Morgengesang der Vögel und der Zauber der Natur erinnerten ihn an die Schönheiten des Daseins und an die Zeit, als er agil das Leben in vollen Zügen genoss. Das ermutigte ihn, allmählich weiter in die von Menschen unberührte Waldung vorzudringen. Auf einmal war alles versperrt. Irgendwie musste er durch dieses Gestrüpp. Etwa zwei Meter weiter links entdeckte er eine Passage. Gemächlich schlängelte er sich – hin und her wankend – hindurch. Kleinere Zweige schlugen ihm dabei ins Gesicht. Wenn ihn jemand sehen könnte, würde der ihn wohl für einen der Anstalt entflohenen Verrückten halten. Auf einmal kam Gottfried sich lächerlich vor, in seinem Alter noch auf ein so jugendliches und noch dazu zweifelhaftes Abenteuer ausgezogen zu sein.

Er wollte jedenfalls nichts unversucht lassen, um diese sagenhafte Pflanze, aus der das Lebenselixier gewonnen werden kann, aufzuspüren, selbst wenn er noch einen weiteren Tag in diesem Buschwerk umherirren müsste.

Bis zum Abend hatte er sich auf diese Weise durchgeschlagen. Er fühlte sich am Ende seiner Kräfte. *Morgen gehts weiter*, dachte er, aß ein Stück Brot, das er von zu Hause mitgenommen hatte, trank etwas Wasser, sprach mit seinem ‚Creator God', wie er es von Kindheit an morgens und abends gewohnt war – und diesmal dankte er ihm ganz besonders für das bisher erlebte Abenteuer. Er legte sich auf das ausgetrocknete Moos, lauschte noch eine kurze Weile dem beruhigenden Zirpen der Grillen, dann fiel er in einen tiefen Schlaf und träumte von der mirakulösen Heilpflanze.

Das laute Tirilieren der Vögel weckte ihn nach einer überraschend geruhsamen Nacht, in der er umgeben von dieser märchenhaften Natur sogar viel besser geschlafen hatte als in seinem Bett. Nachdem er sich gestreckt und den Schlaf aus den Augen gerieben hatte, verzehrte er bedachtsam den Rest seines Proviants. Dann stand er mühsam auf und lahmte weitersuchend umher. Erfreulicherweise war sein Sehvermögen noch recht gut, sodass er die Einzelheiten auch weiter entfernter Dinge erkennen konnte. Er würde diese Heilpflanze keinesfalls übersehen, falls sie in diesem Bereich gewachsen wäre.

„Sollte ich sie in den nächsten Stunden nicht sichten, müsste ich enttäuscht den Rückweg antreten und meine letzten Lebensjahre vielleicht doch noch in einem Altenpflegeheim verbringen“, sagte er zu sich selbst. Leider konnte er sich nicht mehr daran erinnern, zu welcher Jahreszeit das Gewächs dem Erdboden entsprießen solle; war es im Frühling, im Sommer oder gar im Herbst? Vom Erzählen seiner Urgroßmutter wusste er nur noch, dass sie ungefähr während eines bestimmten Monats wüchse. Die Chance, diese Wunderpflanze überhaupt zu Gesicht zu bekommen, musste man unter diesen Gesichtspunkten als minimal einstufen.

Während der Greis so darüber nachsann und vor sich hinstarrte, erblickte er etwas Merkwürdiges. Ein Blatt leuchtete vor ihm in leichter Bewegung auf, das ihn an die Farben des Regenbogens erinnerte. Er schaute genau hin und sein Herz begann zu klopfen. Er ging ein paar Schritte weiter. Die Blätter der ungefähr 30 cm hohen Pflanze waren gezackt wie die eines Eichenblattes.

Das muss die Pflanze sein, fuhr es Gottfried wie ein Blitz durch den Kopf. *Wenn alles stimmt, was meine Großmutter mir erzählte, könnte sie noch heute quietschvergnügt unter den Lebenden weilen.*

Für ein paar Tage dreimal täglich einen Teelöffel eines gekochten Blattes dieses wundervollen Gewächses würde reichen, um mir ein zweites und diesmal sogar sehr langes Leben zu bescheren. Wenn ich 250 Jahre erreichen sollte, hätte ich noch 140 Lebensjahre vor mir, fantasierte Gottfried. Schon der Gedanke daran ließ ihn fast neu aufleben! Er betrachtete dieses Wunder der Natur eine gute halbe Stunde voller Ehrfurcht, schaute sich um, ob er noch eine zweite oder dritte Pflanze dieser Art erspähen könne. Doch das schien die einzige in diesem Bereich zu sein und vielleicht sogar die einzige in dem gesamten Waldgebiet.

Der Gebrechliche erinnerte sich daran, dass nur frisch gepflückte, nicht welkende Blätter mit der vorgeschriebenen Wassermenge zum Sieden gebracht werden müssten, um daraus die Wunder wirkende Flüssigkeit zu gewinnen. Jedoch nur, wenn er die ganze Pflanze mitnähme und unterwegs die Feuchtigkeit ihrer Wurzeln erhielte, könnte er zu Hause von den frischen Blättern profitieren.

Aber um welche Zeit sollte er den Wald verlassen, um unbemerkt zu bleiben? Seine Kleidung war verschmutzt, die Haare verfilzt und voller Grünzeug – in diesem Zustand würde man ihn schnell als einen Geistesgestörten wahrnehmen und womöglich in eine Anstalt einliefern. Dort hätten sie ihm die Pflanze weggenommen und in den Abfall geworfen, weil die Pflegerinnen und Pfleger seine Worte von der Heilwirkung der Pflanze als Beweis für seinen Irrsinn gewertet hätten. Das galt es zu verhindern.

Gottfried kalkulierte. Wenn er die Pflanze bei Anbruch der Abenddämmerung ausgrübe, könnte er im Schutz der Dunkelheit aus dem Wald humpeln und gegen Mitternacht, wenn die meisten tief und fest schliefen, zu Hause ankommen. Das Trinkwasser, das er noch bei sich hatte, würde reichen, um das Wurzelwerk feucht zu halten. Daheim könnte er die Pflanze in einen Blumentopf setzen und versuchen, sie solange wie möglich am Leben zu erhalten, um sie studieren zu können.

Sobald sich das Dämmerlicht des Abends bemerkbar machte, zögerte Gottfried nicht. Schwerfällig kniete er sich nieder, um mit seinem Küchenmesser die Pflanze ringsherum auszustechen. Rasender Schmerz durchzuckte ihn plötzlich und glitt seinen Rücken entlang. Er wartete eine Weile, dann grub er mit vor Anstrengung zitternden Händen die Heil bringende Pflanze samt Wurzeln aus. Ganz vorsichtig legte er sie in den leeren Proviantbeutel. Heiler war selbst darüber erstaunt, dass ihm bis hierher alles gelungen war. Gewiss würde der Rückweg mühevoller sein als der Hinweg, aber nach diesem erfolgreichen Fang war alles leichter zu ertragen, und in Gedanken beschäftigte er sich schon mit Zukunftsprojekten, denn er glaubte fest an die Wunderwirkung der Blätter.

Den Stockgriff mit der Rechten umklammernd, den Beutel mit seiner kostbaren Rarität in der anderen Hand, trottete er gemächlich dem Waldrand zu. Die Nacht war bereits hereingebrochen, doch der rege Verkehr, den er von Ferne sah, hielt ihn zurück, sich sofort nach Hause zu begeben. Er musste unbemerkt zu seiner Wohnung gelangen. So wartete er geduldig, bis nur noch selten ein Fahrzeug auftauchte. Dann wagte er den Weitergang. Sogar die Polizei, die mit ihrem Streifenwagen nahe an dem fast 90-Jährigen vorbeifuhr, nahm keine Notiz von ihm. Gut so!

Seine Kehle lechzte nach Flüssigkeit! Sein letztes Trinkwasser hatte er den Wurzeln der Pflanze zukommen lassen. Auch Hunger machte sich bemerkbar, denn den restlichen Proviant hatte er bereits am frühen Morgen verzehrt. Aber Hunger und Durst, ja sogar sein körperliches Leiden erschienen ihm auf einmal völlig unwichtig. Er war ganz auf die Pflanze fixiert. Er musste dieses echte Kleinod wohlbehalten in seine Wohnung bringen. Nur dann würde sie ihm frische Blätter schenken, womit er die Wunderflüssigkeit herstellen könnte.

Endlich in seiner Wohnung angekommen, setzte er ganz sachte die Pflanze in den bereits fürsorglich vorbereiteten Blumentopf und goss sie bedächtig. Dann legte er seine schmutzige Kleidung ins Badezimmer neben die Waschmaschine und gönnte sich noch schnell eine ‚Katzenwäsche', bevor er sich völlig verausgabt ins Bett sinken ließ. Bald übermannte ihn der Schlaf, und weil diese Wunderpflanze seine Gedanken die ganze Zeit beschlagnahmte, träumte er von ihr und ihrer heilkräftigen Wirkung.

Noch bevor die ersten Sonnenstrahlen in sein Schlafzimmer schienen, drehte er sich in seinem Bett – von Schmerzen gequält – mühsam von einer Seite auf die andere. Es musste etwa 6 Uhr sein. Mit bedächtigen Bewegungen erhob er sich, nahm seinen Gehstock und begab sich trägen Schrittes zu seiner so mühsam errungenen Kostbarkeit. Ehrfürchtig bewunderte er sie eine ganze Weile, dann trieb es ihn dazu, das Experiment zu starten. Bedächtig berührte er das erste Blatt der dreißigblättrigen Pflanze, schnitt es mit einer kleinen Schere ab, legte es behutsam in den kleinen Topf mit sieben Esslöffeln Wasser und brachte alles zum Sieden. Bereits nach zwei Minuten löste sich das Blatt zu seiner Überraschung völlig auf. Sofort ließ er diese so gewonnene vermeintlich hochwertige Flüssigkeit abkühlen.

Wie von seiner Urgroßmutter beschrieben, nahm er vor den drei Mahlzeiten des Tages einen Teelöffel voll von der nun bräunlichen Tinktur ein. Sie schmeckte entsetzlich bitter. Nach dem Abendbrot ergriff ihn eine so starke Müdigkeit, dass er sich sogleich zu Bett begab und alsbald tief dahinschlummerte.

Bedauerlicherweise konnte sich Gottfried nicht mehr entsinnen, ob seine Urgroßmutter erzählt hatte, wann und wie schnell das Mittel seine Wirkung entfalten würde. Das musste er nun selbst herausfinden.

III

Als Gottfried Heiler am nächsten Morgen nach einem erholsamen Schlaf erwachte, hatte er das Gefühl, als ginge es ihm bereits etwas besser. Ob sich die Kräfte dieser Arznei schon bemerkbar machten? Er schaute in den Spiegel, um zu erfahren, ob irgendwelche Veränderungen an seinem Körper über Nacht stattgefunden hatten. Nichts. Noch immer zeichneten tiefe Furchen seine Stirn, spürte er die Gebrechlichkeit seines schwachen Körpers. Er fühlte sich so, wie es eben einem 90-Jährigen nach einem fast aufgebrauchten Leben ergeht. Unzufrieden wandte er sich von seinem Spiegelbild ab.

Bis zu seinem 57. Lebensjahr arbeitete er als Handelsvertreter für eine Firma, die Bernsteinschmuck herstellte. Wegen der starken Konkurrenz und einer zusätzlichen Wirtschaftskrise ging die Firma zu jener Zeit Konkurs. Er hätte gern noch ein paar Jahre länger für diesen Betrieb gearbeitet. Sein Bemühen, eine neue Arbeitsstelle zu finden, blieb erfolglos. Obwohl er für die Folgejahre bis zu seinem gesetzlichen Rentenalter Arbeitslosengeld bezog, war das für ihn so gut wie ein verfrühter Ruhestand, auf den er gern verzichtet hätte. Vor allem bedauerte er, dass dadurch auch sein Rentenbezug geschmälert wurde. Der Vorteil war, mehr Freizeit für sein Hobby, das Radeln, zu haben. Wenn er sich nicht bis ins hohe Alter des Öfteren mit seinem Fahrrad in der Natur bewegt sowie auf eine gesunde Ernährung Wert gelegt hätte, läge er wahrscheinlich wie seine ehemaligen Freunde und Bekannten längst unter der Erde, mutmaßte der Hochbetagte. Besonders nach dem Ableben seines letzten Freundes schossen ihm dunkle Gedanken durch den Kopf. Welchen Sinn hatte es nun für ihn, weiterzuleben – so ganz allein? Wenn er nicht sein ganzes Leben als Alleinstehender verbracht hätte und sich an Kindern, Enkeln und Urenkeln hätte erfreuen können, wäre das Leben noch sinnvoll, aber so … sinnierte der Weißhaarige hin und wieder. Doch nun verlieh ihm die ungewöhnliche Geschichte seiner Urahnen neuen Lebensmut.

Tage vergingen, ohne dass sich bei Heiler innerlich oder äußerlich Veränderungen zeigten. Bedrückende und zweifelnde Fragen beschäftigten ihn. Warum habe ich überhaupt mit diesem Experiment begonnen? Sollte ich es nicht als die größte Dummheit meines Lebens betrachten, mich in so etwas Absurdes eingelassen zu haben, oder ist beim Herstellen dieses vermutlichen Heilextraktes etwas schiefgegangen? Warum habe ich nicht gleich aus einem zweiten Blatt diese Flüssigkeit hergestellt und sie als Reserve im Kühlschrank aufbewahrt? In diesem Fall hätte ich die besondere Behandlung wenigstens noch einmal beginnen können, haderte Gottfried mit sich. Doch dafür war es nun leider zu spät; denn bereits ein paar Tage später waren alle Blätter dieser angeblichen Mehrzweckheilpflanze verwelkt, und wiederum einige Tage danach blieb nur noch ein leerer Stängel übrig.

Nach Gottfrieds Beobachtungen hatte dieses Gewächs jedoch etwas Geheimnisvolles an sich, was seinen Glauben an die heilende Kraft des Eingenommenen am Leben hielt. Denn die Blätter fielen ungefähr im Zweiminutenrhythmus reihenweise von oben nach unten ab, zum andern löste sich das Blatt, das er einst gekocht hatte, völlig im Wasser auf – und das innerhalb von zwei Minuten. Der Gedanke, wieder zur Jugendlichkeit zurückkehren zu können, wollte nicht verblassen; die Hoffnung blieb, dass der eingenommene Absud doch noch das heiß ersehnte Mirakel hervorbringen würde.

Bereits einige Tage nach all den Reflexionen gewann Gottfried den Eindruck, als käme das Wunder einer völligen psychisch-geistigen und körperlichen Heilung tatsächlich langsam in Gang, oder bildete er sich das nur ein? Nein, das konnte nicht sein; denn irgendwie fühlte er sich innerlich so, als nähme er alles gelassener hin, als stünde er über den Dingen, als wäre er viel ausgeglichener, als könnte ihn niemand und nichts mehr aufregen, als wäre er in der Lage, alles Fehlverhalten der Menschen zu entschuldigen und niemanden mehr ein Leid anzutun. Konnte er früher hin und wieder aufbrausen, so fühlte er sich nun gar nicht mehr dazu imstande. Früher war er ein ungeduldiger Geselle; jetzt strahlte er Besonnenheit aus. Seine Triebwelt schien sich völlig verändert zu haben. Er hatte sogar hin und wieder das Gefühl, als könne er alle Erdbewohner liebend umarmen, selbst seine Feinde, sollte es welche geben. Irgendwie hatte ihm dieser Pflanzentrunk himmlische Gefühle vermittelt. Ja, Heiler spürte ein Stückchen Paradies in seinem Herzen, was ihn sehr glücklich machte. Allmählich fühlte er sich auch körperlich wohler – und viel gelenkiger. Das, was der Körper die letzten Jahre an Schmerzhaftem produzierte, verschwand immer mehr. Wenn er morgens in den Spiegel blickte, um herauszufinden, ob es schon Anzeichen der äußeren Verjüngung gäbe, stellte er fest, dass die Wangen von Tag zu Tag etwas voller wurden und die runzelige Stirn sich peu à peu straffte, bis nur noch völlig unbedeutende Fältchen zurückblieben, die ihm wieder einen gewissen Charme verliehen. Seine Haut glättete sich überall zusehends. Die weißen Körper- und Kopfhaare wurden immer dunkler; seine Merkfähigkeit verbesserte sich von Tag zu Tag.

Gottfried Heiler wusste, dass die Pflanze sein Leben auf wundersame Art veränderte. Er hatte es geschafft. Das Unfassbare geschah.

Nur wenige Wochen nach der Einnahme des extraordinären Wundermittels hatte er seine komplette Jugendlichkeit wiedererlangt. Wie ein 30-Jähriger strotzte er vor Gesundheit und war voller Energie. Alles erfolgte so, wie es ihm einst erzählt wurde. Als er die Wirkung dieser Pflanze deutlich spürte, erinnerte ihn das an den Garten Eden, von dem ihm einst seine Urgroßmutter sowie seine Oma, seine Eltern und der Religionslehrer berichtet hatten. Deshalb nannte er das Kraut von nun ab gern ‚Paradiespflanze'.

Inzwischen hatte er das paradiesische Gewächs noch eingehender studiert und Aufregendes festgestellt. Die Pflanze verlor zwar alle Blätter, aber sie vertrocknete und starb nicht. Ziemlich oben am leeren Stängel entfaltete sich, gerade während der Tage, als sich die ersten verheißungsvollen Anzeichen des Effekts dieser Wundertinktur bemerkbar machten, eine zierliche Blüte, die leicht hätte übersehen werden können. Aus ihr wurde nach anderthalb Wochen eine Beere mit einem Durchmesser von ungefähr fünf Millimetern. Gottfried beobachtete das Naturwunder ganz genau. Nur sieben Tage später öffnete sich die Beere, und darin waren unzählige winzige Körnchen zu erkennen. Aus jedem Körnchen könnte eine Paradiespflanze herauswachsen, überlegte Gottfried. Waren sie schon reif genug? Sollte er sie entnehmen und einpflanzen? Er entschied, damit noch zu warten. Vielleicht fallen sie von allein ab; dann wären sie sicherlich reif! Sorgfältig legte er etwas Papier um die Pflanze, damit auch kein bisschen Samen verloren gehe. Und tatsächlich, wiederum sieben Tage darauf hatte sich die Umhüllung völlig gelöst, sodass die winzigen Samenkörnchen ungehindert auf das Papier fallen konnten – ungefähr 100 an der Zahl. Jetzt war der Zeitpunkt gekommen, um für jedes Körnchen einen Blumentopf zu besorgen. Gottfried vermied es, die zahlreichen Blumengefäße in demselben Geschäft zu kaufen, weil das wahrscheinlich die Neugierde der Verkäufer geweckt hätte. Die benötigte Erde holte sich der Jung-Gewordene mit dem Fahrrad aus dem Wald. Glücklicherweise bot seine geräumige Dreizimmerwohnung für alle Töpfe genügend Platz; zudem vermochte er sie so aufzustellen, dass jede Paradiespflanze, wenn sie einmal dem Boden entsprossen sein würde, wie im Wald im Halbschatten stehen konnte und gut gedeihen müsste.

Die Körnchen steckte Gottfried nicht in die Erde, sondern legte sie sanft darauf; denn – so überlegte er – in der Natur gräbt sie auch niemand ein; folglich werden sie auch so Wurzeln schlagen. Das erwies sich als richtig! Mit einem Mikroskop, das er extra für das Studium dieses besonderen Gewächses erworben hatte, konnte er beobachten, wie sich bald jedes Samenkörnchen ein wenig öffnete und etwas Wurzelähnliches zum Vorschein kam, das sich immer mehr mit der befeuchteten Erde verband und in ihr ganz verschwand. Hellauf begeistert erhoffte er nun, zu Beginn des nächsten Sommers Wunder wirkende Blätter zu ernten, um daraus die Supermedizin herstellen zu können. Ganz berauscht von all dem Mirakulösen rief er aus: „Heißbegehrt wird dieses magische Heilmittel sein; denn wer möchte nicht sehr lange jung, rüstig und gesund bleiben; wer sehnte sich nicht danach, einen veredelten Charakter zu haben, um eine positive Aura ausstrahlen zu können, die bei den Mitmenschen auf starke Sympathien stößt?“ Seine Fantasien kannten keine Grenzen. Er träumte sogar davon, alle Erdbewohner, die es wünschten, so schnell wie möglich von dieser Entdeckung profitieren zu lassen. Deshalb musste seine Paradiespflanzenzucht unbedingt gelingen!

IV

Sobald der ehemalige Greis wieder mit allen jugendlichen Kräften ausgerüstet war und sein Projekt ein Erfolg zu werden versprach, machte er sich daran, die geplante Verkündung der weltbewegenden Botschaft vorzubereiten. Ihm wurde bewusst, dass er bereits für die erste Ernte etwa 3000 Fläschchen benötigte, die gerade sieben Esslöffel von dieser Wunderflüssigkeit enthalten würden. Ein besonderes Etikett mit Gebrauchsanweisung wollte er auf die Fläschlein kleben; überdies beabsichtigte er, auf einer Art Flugblatt seine eigenen Erfahrungen mit der Wundertinktur zu schildern. Dieses sollte allen daran Interessierten freudige Zukunftsaussichten vermitteln. Er nahm sich vor, davon zunächst 1.000 Stück zu drucken.

Doch woher sollten die Geldmittel kommen, die er für den Kauf eines Computers oder Laptops mit Drucker, für eine Abfüllmaschine und die zahlreichen Fläschlein benötigte? Seine monatliche Rente reichte gerade für die Miete und das tägliche Leben; deshalb musste er unbedingt eine Gelegenheitsarbeit finden, um innerhalb eines halben Jahres alles Notwendige anschaffen zu können.

Vorläufig durfte jedoch niemand etwas von seiner Entdeckung und Verjüngungserfahrung wissen, denn sonst, so befürchtete Gottfried, könnte seine Vision einer besseren Welt verhindert werden. Vielleicht würde sogleich eine Bande von Jugendlichen in seine Wohnung einbrechen, um die Blumentöpfe mit den Paradiespflanzen profitgierig an sich zu reißen. Jetzt war er froh, sich zu den Unbekannten der Stadt zu zählen! Ein Arbeitsvertrag kam nicht infrage, denn dann könnte ein aufmerksamer Arbeitgeber auf das Gottfried widerfahrene Wunder aufmerksam werden. Schließlich passte das in Gottfrieds Papieren eingetragene Geburtsdatum nicht mehr mit seinem Aussehen überein. Von der Polizei durfte er sich ebenfalls nicht erwischen lassen, denn bei der Überprüfung seiner Personalien wäre auch sie seinem Geheimnis auf die Spur gekommen, hätten es aber natürlich als Urkundenfälschung gedeutet. So musste er sich etwas anderes einfallen lassen.

Gottfried überlegte hin und her, bis ihm schließlich etwas Brillantes in den Sinn kam. Er wusste, dass in der Nähe ein alter Gärtner lebt, der vielleicht für einige Stunden pro Tag Hilfe gebrauchen könnte. Gleich am nächsten Morgen begab er sich zu ihm. Als er ankam, sah er, wie der Schneeweißhaarige mit seinem gebräunten und stark zerfurchten Gesicht, etwa sein Jahrgang, sich abrackerte und mit einem Schubkarren Erde transportierte. Alles ging so langsam, dass ihm Gottfried am liebsten gleich unter die Arme greifen wollte.

„Guten Tag Herr Gärtner, mein Name ist Gottfried Heiler."

„Seien Sie gegrüßt, junger Mann. Aber ich heiße nicht Gärtner, sondern Pflanzer."

„Dem Namen nach müssten dann ihre Vorfahren auch diesen oder einen ähnlichen Beruf ausgeübt haben; denn Pflanzer hat ja etwas mit Pflanzen zu tun."

„So wird es sein. Ich hatte früher einen Klassenkameraden, der hieß Lebrich Heiler. Ob seine Vorfahren allerdings Ärzte waren, entzieht sich meiner Kenntnis. Das war ein Lausbub, das kann ich Ihnen versichern – so einer wie ich. Wir beide hatten den Lehrern so manche Streiche gespielt;

aber während des Religionsunterrichts waren wir Musterknaben."

Gottfried, der bei den Erinnerungen des Gärtners aufgehorcht hatte, wurde innerlich sehr aufgewühlt. Konnte das sein? Ja, wahrhaftig. Vor ihm stand sein alter Schulkamerad Waldfried Pflanzer. Sie hatten sich immer gut verstanden, aber nach der Schulzeit für ein Menschenleben aus den Augen verloren. Gottfried war sehr versucht, sich seinem alten Schulfreund freudig zu offenbaren, doch dafür war es noch zu früh.

In immer leiser werdendem Ton und etwas in sich gekehrt fragte sich Gärtner Pflanzer: „Wo ist die Zeit geblieben?" Nach einer kurzen Pause tauchte er wieder aus seinen Erinnerungen auf ins Jetzt und kam gleich zur Sache: „Was bieten Sie feil?"

„Wie kommen Sie denn darauf?", erkundigte sich Gottfried.

„Nun, wenn jemand zu mir kommt, will er gewöhnlich etwas verkaufen, etwa Waschmaschinen, Sämaschinen, Küchenroboter und was weiß ich noch alles. Neulich war jemand hier, der wollte mir sogar ein Lexikon von mehreren Bänden andrehen und andere Bücher. Ich mit meinen 90 Jahren, was soll ich damit anfangen? Gelesen habe ich in meinem gesamten Leben nicht viel; nur im ‚Buch der Bücher' lese ich jeden Tag etwas, aber das mache ich schon seit meiner Jugend. Ein hilfreiches Wort finde ich da immer für jeden Tag. Ach ja! In die Tageszeitung blicke ich ebenfalls."

„Sind Sie ganz allein?", wollte Gottfried wissen.

„Die Arbeit mache ich ganz allein. Meine Frau Heiderose hat mir noch bis zur vorigen Woche geholfen, aber jetzt geht es beim besten Willen nicht mehr. Sie hat ständig heftige Rheumaschmerzen. Vielleicht hat sie auch die Gicht. Obwohl sie zehn Jahre jünger ist als ich, muss sie schon mehr leiden, wodurch sie viel von ihrer einstigen Fröhlichkeit verloren hat. Kein Arzt vermag ihr wirksam zu helfen. Natürlich nimmt sie Schmerztabletten, aber ob das so gut für den Körper ist … Na ja, Altersbeschwerden, was kann man da schon ändern. In der kommenden Welt wird es kein Leid mehr geben", tröstete sich Gärtner Pflanzer und sprach Gottfried damit aus der Seele.

Wenn man jedoch auf dieser Erde durch ein gewisses Pharmazeutikum die Chance erhält, so alt zu werden wie so mancher Patriarch in uralter Zeit und dabei noch sein Leben sinnvoll, glücklich und gesund verbringen kann, dann ist eine irdische Lebensverlängerung durchaus nicht zu verachten, dachte sich Heiler, ließ aber noch nichts von seinem Geheimnis verlauten.

„Dann benötigen Sie sicherlich eine zusätzliche Hilfskraft!", lenkte Gottfried das Gespräch in die gewünschte Richtung.

„Ja, die könnte ich jetzt ganz gut gebrauchen, aber einen vollen Arbeitslohn könnte ich nicht zahlen. Und wer weiß, wie lange ich noch wenigstens diesen kleinen Teil der ursprünglich viel größeren Gärtnerei bewirtschaften kann. Eines Tages ist Schluss damit. Auf dieser Erde ist sowieso alles vergänglich."

„Wissen Sie, ich suche einstweilig ein paar Stunden Arbeit pro Tag. Wenn ich bei Ihnen für einen geringen Lohn arbeiten könnte, um mir gewisse Extras zu leisten, wäre ich schon zufrieden. Ich möchte mich gern für ein paar Monate ein bisschen in der frischen Luft betätigen; das soll äußerst gesund sein."

„Sie sind noch so jung", bemerkte der Gärtner. „Ihnen steht die Welt offen, und Sie wollen mir helfen?"

„Mit purem Vergnügen!“, erwiderte Gottfried.

Schnell waren sich die beiden einig. Er war mit dem zufrieden, was ihm der Gärtner als Arbeitslohn anbot.

Am nächsten Morgen nahm er alte Kleidung, schwang sich auf sein Fahrrad und fuhr zur Gärtnerei Pflanzer. Er brannte richtig darauf, umgeben vom Pflanzenduft tätig zu sein. Waldfried sagte ihm, was zu erledigen sei. Gottfried packte sofort kräftig zu, holte mit dem Schubkarren frische Erde herbei, half die Pflanzen zu versorgen, topfte Stecklinge um und führte alles aus, was zu vollbringen war. Nur das Melken der zwei Ziegen, die in einem Gehege grasten, überließ er gern dem Meister selbst.

Zwischendurch ergaben sich Gelegenheiten für eine kurze Unterhaltung.

„Sie erinnern mich an die Zeit, als ich noch so jung war wie Sie. Wie alt sind Sie eigentlich, wenn ich fragen darf?“, schnaufte Pflanzer, während er einen Komposthaufen umschichtete.

Diese Frage brachte Gottfried etwas in Verlegenheit. „Ach, wissen Sie, die Jahre spielen eigentlich keine Rolle. Jeder ist so jung oder so alt, wie er sich fühlt. Seit wann betätigen Sie sich in Ihrer Gärtnerei?“, versuchte Gottfried abzulenken.

„Schon mein Vater verbrachte sein Leben als Gärtner in diesem Betrieb. Er hatte ihn bereits von seinem Vater geerbt. Ich bin hier aufgewachsen und habe dieses Unternehmen fortgeführt. Früher war es nun einmal so, dass gewöhnlich der Älteste das Handwerk des Vaters übernahm. Aber ich war Einzelkind, und so war es für mich selbstverständlich, in die Fußstapfen des Vaters zu treten. Nun bin ich dabei, meine letzten Lebensjahre hier zu verbringen. Gelegentlich werde ich den ganzen Laden verpachten oder verkaufen. Mal sehen! Mein Sohn hat von der beschwerlichen Gärtnerarbeit nie etwas wissen wollen. Er ist Architekt geworden und lebt einige Hundert Kilometer von hier. Zweimal pro Jahr kommt er zu Besuch. Wegen der Verpflichtungen den Pflanzen gegenüber und hinsichtlich der Ziegen, von denen wir lange Zeit fünf zu versorgen hatten, haben wir nie den Hof verlassen können, sonst hätten wir bei ihm hin und wieder logieren können."

„Ah, wenn Sie wollen, dann können Sie bei der nächstbesten Gelegenheit Ihren Sohn mit einem Besuch beehren, ich werde mich schon um alles gewissenhaft kümmern!"

„Das wäre wirklich großartig", erwiderte Waldfried freudig überrascht. „Dann sehe ich sein Haus und wie er wohnt doch noch mit eigenen Augen; ich kenne alles nur von Fotos".

Bei der Unterhaltung verging die Arbeitszeit schnell. Zu Mittag fuhr Gottfried wieder nach Hause, denn er beabsichtigte, Gärtner Pflanzer vor allem am Vormittag behilflich zu sein. Nach dem Mittagessen und einem anschließenden Mittagsschläfchen verbrachte er für gewöhnlich die Zeit mit dem Studium von hauptsächlich biologisch und psychologisch ausgerichteten Büchern, denn er ahnte, dass er dieses Wissen für seine künftige Arbeit, den Wundertrank an den Mann zu bringen, würde gebrauchen können. *Der Waldfried Pflanzer und seine Frau werden sicherlich meine ersten Kunden für seinen Verjüngungstrank sein*, präsumierte Gottfried.

V

Waldfried Pflanzer war froh, einen so kräftigen, jungen, gesunden Kerl gefunden zu haben, der ihm einen beträchtlichen Teil der Arbeit abnahm. Selbst das Melken der beiden Geißen, mit dem Gottfried ursprünglich nichts zu tun haben wollte, wurde ihm wunschgemäß beigebracht. Er empfand diese Beschäftigung sogar als amüsant. Die Milch diente dem Gärtnerpaar als nahrhaftes Getränk; zudem fabrizierten die beiden daraus Käse und Quark. Einen Teil davon erhielt Gottfried, was er dankend annahm. Anfänglich hatte er zwar etwas Mühe, sich an den aparten Geschmack zu gewöhnen, bald wollte er ihn jedoch nicht mehr missen.

Nachdem Gottfried mit der gesamten anfallenden Arbeit im Gärtnerhof vertraut war, konnten die Pflanzers von ihrem Sohn abgeholt werden und bei ihm und seiner Familie einige unbeschwerte Tage genießen, worüber sie sehr glücklich waren. Die zusätzliche Arbeit, die ihr Gehilfe dafür leistete, wurde ihm ganz besonders vergütet.

Monate waren bereits vergangen, ohne dass etwas von den erwünschten Wunderpflanzen zu erblicken gewesen wäre. Trotzdem glaubte der junggewordene Gottfried fest daran, zur gegebenen Zeit alle seine Töpfe voller Paradiespflanzen vorzufinden. Täglich schaute er sich die Walderde an, um herauszufinden, ob sie die nötige Feuchtigkeit enthielt. Eines Tages erfolgte die Überraschung. Überall in seinen Blumentöpfen erschienen zur gleichen Zeit winzige Sprösslinge. Den Tag dieses erfreulichen Wunders kreuzte er gleich in seinem Kalender an. Nach einigen Tagen zeigte sich in jedem Topf ein kleiner Stängel mit zierlichen Blättchen. Gottfried war davon überzeugt, dass die Pflanzen sowie die Blätter an den Stängeln – etwa 30 an der Zahl – wie erhofft die volle Größe erreichen würden. Dann könnte er die Blätter abzupfen, sie mit der vorgesehenen Menge Wasser kochen und die daraus gewonnene Flüssigkeit mit der Maschine, die er sich eigens dafür angeschafft hatte, in die Fläschchen abfüllen. Einen Computer mit Drucker hatte er durch eine Annonce sehr günstig erwerben können und so war er bereit, mit dem Schreiben und Drucken der Etiketten und der Handlungshinweise zu beginnen.

„Oh, wie werden sich die Leute um dieses Wundergetränk reißen!“, rief Gottfried vor seinen Pflanzen stehend freudig aus. *Am besten wäre es, wenn ich im ersten Jahr meiner neuen Tätigkeit zunächst Alte, Sterbende und die sehr Kranken der Stadt besuchte und erst danach die Gesunden und Jüngeren. Aber dafür müsste ich genau wissen, wer wie schnell meiner Hilfe bedürftig ist*, setzte er seine Überlegungen fort. Bei genauerem Hinsehen entpuppte sich dieses Vorgehen jedoch als unmögliches Unterfangen. Wichtig war für ihn deshalb vor allem, im Dienste von Leben und Gesundheit zu stehen. Das sollte ab sofort sein Leben erfüllen und ihm einen wahren Sinn geben.

Für Gottfried verlief alles wie erwünscht. Die erst so zarten Sprösslinge wuchsen zunächst äußerst langsam, doch dann auf einmal ziemlich schnell zu kräftigen etwa 30 cm hohen Pflanzen heran. Es war deutlich zu merken, dass sie von Tag zu Tag mehr Wasser benötigten. Einmal ging Gottfried sogar in den Wald, um zusätzliche Walderde mit frischen Nährstoffen zu holen, die er dann den Blumentöpfen beifügte. Vor allem war er darüber froh, dass aus jedem Samenkörnchen eine Paradiespflanze wurde, sich seine Mühe also gelohnt hatte.

Ganz neue Gedanken schwirrten ihm durch den Kopf. *Gewiss könnte ich mit diesem lebensverlängernden Paradiespflanzentrunk sehr reich werden, wenn ich es denn wollte. Das widerspräche jedoch meiner neuen Geisteshaltung, zu deren Veredlung die heilwirkende Kraft des Pflanzenblattes beigetragen hat. Deshalb soll es mir neben der Hilfe, die ich meinen Mitmenschen zuteilwerden lasse, nur um meinen notwendigen Lebensunterhalt gehen. Ich werde nur einen geringen Preis verlangen, damit sich auch die weniger Gutbetuchten das Wundermittel leisten können. Falls ich es umsonst abgäbe, würden es viele wahrscheinlich als wertlose Flüssigkeit erachten, vielleicht sogar Böses dahinter vermuten und gleich wegwerfen. Wenn aber ein gewisser Preis dafür zu bezahlen ist, werden sie es sicherlich vorschriftsmäßig einnehmen*, räsonierte Heiler.

Er beschloss, für ein Fläschchen gemäß der damals existierenden Weltleitwährung etwa 10 Dollar zu verlangen, was nach der heutigen Weltwährung ungefähr acht Globo entspräche. Ein mehr als redlicher Preis für eine Arznei, die eigentlich unbezahlbar ist, bedachte Gottfried, denn welch horrende Summen werden in der Regel für Arztbesuche, Krankenhausaufenthalte, psychologische Betreuungen und für Medikamente ausgegeben, um körperliche und psychische Leiden zu verringern, um wieder zu gesunden.

Tausende Blätter hatte er geerntet und daraus das vielversprechende Heilextrakt hergestellt. Die sterilen Fläschchen wurden mit ebenso keimfreien Verschlüssen abgedichtet, sodass keine Verunreinigungen oder Bakterien hineingelangen konnten.

Um den äußerst wertvollen Heilextrakt so schnell wie möglich an die sich danach Sehnenden zu bringen, arbeitete Gottfried wochenlang so hart wie noch nie zuvor. Früher oder später würde er sogar zigtausende Mitarbeiter benötigen, die Milliarden Blätter in riesigen Gewächshäusern ernten und die paradiesische Arznei zubereiteten. Schließlich sollte doch die gesamte Menschheit damit erreicht werden. Nur ein Blatt der Paradiespflanze pro Person würde genügen, um die gesundmachende und lebensverlängernde Wirkung zu erleben, um im Menschen alle negativen Gefühle wie Hass, Neid oder Eifersucht verschwinden zu lassen. Irgendwann hätten die Menschen gar kein Bedürfnis mehr, sich das Leben gegenseitig schwer zu machen oder sich zu bekriegen, weil ihnen das auf einmal zu primitiv vorkäme. Ja, den Pflanzentrunk braucht jeder Mensch, dessen war sich Gottfried gewiss. Er konnte kaum den Tag erwarten, an dem er endlich damit beginnen würde, zunächst die Einwohner seiner Stadt mit dieser frohen Kunde zu beglücken. Wie erleichtert war er, als die Vorbereitungen hierfür beendet waren!

VI

Endlich war es so weit! Seine Reisetasche, die innen fächerartig ausgestattet war, füllte er schon am Abend zuvor mit 30 Fläschchen und fügte einen Stapel Papier hinzu. Auf jeder Seite war seine eigene kurz gefasste Erfahrung mit der sonderbaren Pflanze gedruckt. Jeden Tag wollte er eine solche Anzahl kauffreudiger Kunden erreichen, was seiner Meinung nach nicht allzu beschwerlich sein dürfte. Wer würde einem derart unwiderstehlichen Angebot widerstehen können, wenn es darum ging, gesund und mit guter Laune die Tage in dem Wissen zu verbringen, so lange zu leben?

Der Blick aus dem Fenster versprach einen großartigen Frühsommertag. Nur ein paar unbedeutende Nimbostratus-Wölkchen zeichneten sich am Himmel ab. Frisch und fröhlich stieg Gottfried in den Keller hinunter, holte sein Fahrrad, befestigte sein Gepäck auf dem hinten angebrachten Halter, schwang sich auf den Sattel und radelte schnurstracks zu seinem ersten Kunden, zu Gärtner Pflanzer, dem er noch bis vor wenigen Monaten jeden Tag einige Morgenstunden treu gedient hatte. Der Chef eines großen Gartenbaubetriebes hatte wegen größerer Umbauarbeiten Waldfried Pflanzers Gewächshäuser für mehrere Monate gemietet und ihm dafür einen ansehnlichen Preis angeboten; darin sah der Gärtner ein Zeichen, sich nun doch endlich die verdiente Lebensabendruhe zu gönnen. Gottfried freute sich für ihn, denn so brauchte er selbst nicht zu kündigen, was ihm auch emotional sehr entgegenkam.

Waldfried war hocherfreut, seinen ehemaligen Mitarbeiter begrüßen zu können. Er lud seinen Gast ins Wohnzimmer ein und bot ihm ein köstlich erfrischendes Erdbeergetränk an, das Gottfried auch gern akzeptierte. Schon plauderten beide über die Gärtnerei und über Gesundheitsprobleme. Nach einer Weile kam Gottfried mit der Sprache heraus. Er wolle dem Ehepaar Pflanzer sein Geheimnis anvertrauen.

Ein Geheimnis? Was könnte das sein? Hat er mir etwas verheimlicht? Mit seiner Arbeit bei mir lief doch alles glatt, überlegte Waldfried.

Nun war der Zeitpunkt gekommen. Gottfried offenbarte sich endlich seinem Kameraden aus Jugendtagen. Er erzählte von seiner ehemaligen Kindheit, als er und Waldfried gemeinsam auf der Schulbank saßen, erwähnte gemeinsame Bubenstreiche, nannte verschiedene Namen ehemaliger Klassenkameraden und erinnerte ebenso daran, wie sie beide den Religionslehrer verehrten.

Der Gärtner kam aus dem Staunen nicht mehr heraus und Freude sprang aus seinen Augen. „Kann das denn sein? Ja, aber damals nannten wir dich alle Lebrich und nicht Gottfried."

„Lebrich ist mein zweiter Vorname, der damals als mein Rufname galt."

Die beiden alten Freunde umarmten sich freudig und klopften sich auf die Schultern. Sogleich gab es zur Feier des Wiedersehens noch ein Glas des Erdbeergetränks.

„Was hast du denn gemacht, dass du so jung geblieben bist? So etwas gibts doch nicht! Das ist nahezu unglaublich!", staunte Waldfried völlig verblüfft. „Du bist ja ein Jüngling geblieben!"

„Nein!", erwiderte Gottfried. „Ich war alt, ich habe mich nur einer Verjüngungskur unterzogen."

„Einer Verjüngungskur? So etwas soll es geben? Wieso weiß ich davon gar nichts?“

„Doch, so etwas gibt es. Aber das Heilmittel war Jahrzehnte vergessen und ich habe es wieder entdeckt“, behauptete Gottfried.

„Dieses Mittel möchte ich mal kennenlernen. Das muss ja ein richtiges Wundermittel sein“, staunte der Gärtner.

„Das ist es auch! Ich habe nämlich die Paradiespflanze entdeckt.“

„Die Paradiespflanze!“, rief der Gärtner aus. „Diese Pflanze gibt es doch nur im Paradies! Und das existiert auf dieser Erde nicht mehr“, gab Waldfried Gottfried zu verstehen.

„Das stimmt, ich nenne sie nur so, weil sie so wundervolle Eigenschaften hat. Sie verlängert das Leben um zahlreiche Jahre – bis etwa 250 Jahre kannst du alt werden. Zudem wirkt sie als Heilpflanze, weil sie Krankheiten beseitigt, den Charakter veredelt und die bösen Triebe, die zum Beispiel Hass, Neid und Eifersucht hervorbringen, verkümmern lässt. Solltest du in der Vergangenheit ab und zu deine Frau angeschrien haben, wärst du dann gar nicht mehr dazu in der Lage, weil dir das auf einmal äußerst dumm vorkäme. Es ist in Zeiten, in denen jede zweite Ehe geschieden wird, bestimmt die richtige Arznei für das Eheleben! Leider hatte ich bis heute nicht das Glück, eine Lebensgemeinschaft mit einer Frau zu erleben. Meine Freunde und Bekannten, die etwa dasselbe Alter wie wir hatten und die schon längst unter der Erde liegen, nannten mich deshalb den ‚ewigen Junggesellen‘. Sollte ich gelegentlich die passende Dame für mich finden, werde ich aber gern in den Stand der Ehe treten.“

Dann begann Gottfried all das zu erzählen, was er von seiner Urgroßmutter bezüglich der einzigartigen Pflanze erfahren hatte und auf welche Weise er sie ausfindig machen konnte; nun sei es seine Absicht, viele mit dem selbst hergestellten Heilmittel zu beglücken.

Aufmerksam hörte sich sein ehemaliger Klassenkamerad diese Hoffnung spendenden Worte an und meinte dann: „Eigentlich dachte ich, meine Tage wären gezählt, bald werde ich beerdigt, und nun bringst du mir diese gute Nachricht. Natürlich kaufe ich gleich zwei Fläschchen – eins für mich, das andere für meine Frau; die wird Augen machen, wenn sie das erfährt. Sie ist noch gar nicht aufgestanden. Manchmal liegt sie fast bis zur Mittagszeit im Bett. Die Ruhe tut ihr gut; beim Liegen hat sie weniger Schmerzen. Aber das wird toll; in einigen Wochen sind wir wieder ein junges Paar und haben ein jugendliches Aussehen wie unsere Enkelkinder. (Beide lachen herzhaft.) Wir bleiben in Kontakt, vielleicht ist mein Sohn mit der gesamten Familie daran interessiert, ein Alter von ungefähr 250 Jahren zu erreichen. Sag mal, was kostet alles zusammen?“

Nachdem Gottfried ihm den Preis genannt hatte, sprudelte es aus Waldfried nur so heraus: „So billig? Das ist doch nichts! Das ist ja geschenkt für so eine wertvolle Medizin! Du könntest damit reich werden, sehr reich, unfassbar reich!“

„Einst sagte unser Religionslehrer: Die da reich werden wollen, die fallen in Versuchung und Stricke“, deklamierte Heiler.

„Ja, daran kann ich mich auch noch erinnern, und dann erwähnte er die Erfahrung des reichen Salomos mit all den vielen Frauen, die ihm zum Verhängnis wurden. Der hatte ja einen ganzen Harem. Siehst du, etwas aus der Schulzeit ist doch hängen geblieben. Was du da anbietest, wird man dir schneller aus den Händen reißen als Goldmünzen! Und berühmt wirst du werden!“, blickte Waldfried in die Zukunft.

„Ich möchte weder reich noch berühmt werden, sondern am liebsten anonym bleiben. Wenn ich innerlich reich an Freude und Frieden bin und ich mich das restliche Leben einer guten Gesundheit erfreuen kann, dann bin ich vollends zufrieden. Und sollte ich wirklich Reichtum erlangen, dann werde ich gern karitative Einrichtungen unterstützen."

„Das ist eine bewundernswerte Haltung! Hör zu, ich höre meine Frau in der Küche, sie ist inzwischen aufgestanden. Sie wird sich riesig über diese Botschaft freuen!"

Heiderose stöhnte gerade vor Pein, als ihr Mann die Tür zur Küche öffnete und zu ihr ging.

„Du tust mir so leid", sagte ihr Gatte, „aber wir haben einen Herrn zu Besuch, der für dich ein Heilmittel hat."

„Ach, mir hilft sowieso nichts mehr!", jammerte Heiderose. „Was schlucke ich nicht schon an Medikamenten. Das Leben verläuft so, wie es nun einmal verläuft. Was kann jemand in meinem Alter noch groß erwarten?"

„Stell dir vor, du wirst wieder jung, jung wie eine 30-Jährige, und ich werde wie ein 30-Jähriger, und unser Leben wird um 150 bis 160 Jahre verlängert!"

Heiderose erstarrte mitten in der Bewegung. Mit zusammengezogenen Augenbrauen und misstrauischem Blick nahm sie ihren Waldfried in Augenschein. „Sag mal, bist du auf den Kopf gefallen? Bist du betrunken?", argwöhnte sie und verbiss sie sich erneut die Schmerzen.

„Nein, glaub mir! Du weißt ja gar nicht, wen wir zu Besuch haben, einen ehemaligen Klassenkameraden von mir."

Die vollschlanke 80-Jährige im rosafarbenen Morgenrock mit bordeauxroten Rosen in der Herzgegend eingewebt, eine in derselben Farbe gehaltene Schlafhaube auf dem Kopf, in der sich ihre noch ungekämmten dunkelbraun gefärbten Haare verbargen, die nur an den Seiten etwas hervorlugten, betrat das Wohnzimmer und war ganz erstaunt, als sie Gottfried, den ehemaligen Helfer ihres Ehegatten, begrüßte. „Gottfried, da haben Sie ja meinem Mann einen gewaltigen Bären aufgebunden!“, und sich an ihren Lebensgefährten wendend, meinte sie: „Und du glaubst das? Herr Heiler ist um die 30 und du hast bereits die 90 erreicht!“

Doch Waldfried ließ sich nicht beirren. „Glaub mir, er ist so alt wie ich! Wir haben gemeinsam die Schulbank gedrückt! Er hat nur die Flüssigkeit eingenommen, die er aus einem Blatt der Paradiespflanze gewonnen hat.“

„Was für eine Paradiespflanze?“, fragte Heiderose.

Ihr Mann wandte sich an seinen ehemaligen Klassenkameraden und bat ihn, doch noch einmal alles seiner Gemahlin zu erzählen. Das machte Heiler auch gern. Waldfried war ganz hingerissen, dieser spannenden Story noch einmal im Beisein seiner Frau zu lauschen. Packend erzählte Gottfried seine Erfahrungen, so mitreißend, dass die Gärtnerin dabei sogar ihre Schmerzen vergaß. Sie war von dem Erzählten schließlich so überzeugt, dass sie es nicht mehr erwarten konnte, dieses vielversprechende Medikament einzunehmen, auch wenn es sehr bitter sei.

Gottfried schaute zu, wie beide aus ihrem Fläschchen den ersten Teelöffel des Elixiers einnahmen.

Die beiden schüttelten sich. Das Tonikum schmeckte wahrhaft bitter. Als Waldfried bezahlen wollte, meinte Gottfried: „Hör zu, mein lieber ehemaliger und inzwischen alt gewordener Mitschüler, für dich und deine Heiderose ist es natürlich gratis. Ihr habt mir schließlich auch während meines Wirkens bei Euch viel Gutes erwiesen.“

Waldfried drückte Gottfried ungeachtet dessen Ansage einen Geldschein in die Hand, der dem Fünffachen entsprach, was eigentlich veranschlagt war. Als Gottfried sich weigerte, das Geld anzunehmen, drängte ihn sein ehemaliger Schulkamerad und nun ehemaliger Chef dazu, das Geld zu behalten, denn er meinte, das sei gar nichts für das, was er bekommen habe, denn in Wirklichkeit sei der Trunk sowieso unbezahlbar. Gottfried akzeptierte das Geld schließlich doch und versprach, in einigen Wochen nach dem Rechten zu sehen. Gärtner und Gärtnerin bedankten sich herzlich und wünschten Gottfried viel Erfolg bei seiner nützlichen Arbeit. Frohgelaunt verabschiedeten sie sich.

Bevor Gottfried sein nächstes Ziel anvisierte, schaute er auf seine Uhr und musste feststellen, bei seinen ersten Kunden ungefähr drei Stunden verbracht zu haben. Wie die Zeit dahineilt, konstatierte er. Wenn ich mit allen so lange plaudere und meine Erfahrung mit der Lebenspflanze schildere, werde ich bis heute Abend nicht mehr viele Fläschchen verkaufen können. Das Ehepaar Pflanzer musste eine Ausnahme bleiben. Schließlich befand sich alles Relevante auf den mitgeführten Ausdrucken.

Heilers Weg führte ihn zu einem Außenbezirk seiner Stadt. *In den stattlichen Einfamilienhäusern der ‚Grünen Straße' werden die Bewohner mein Heilmittel ohne viel Hin-und-her-Gerede reißend abnehmen*, vermutete Gottfried. Er klingelte an der ersten Haustür. Kurz darauf bemerkte er eine Mittsiebzigerin, die verstohlen hinter einer Gardine aus dem Fenster äugte. Sie wird sicherlich bald öffnen, glaubte er. Er klingelte noch einmal und ein drittes Mal. Es wäre doch so brennend notwendig für sie, schließlich war sie auch nicht mehr die Jüngste. Wenn sie nur wüsste, was ich für sie in meiner Tasche habe, sie würde ohne zu zögern öffnen, dachte Gottfried und klingelte ein viertes Mal. Die Tür blieb verschlossen. Nun, vielleicht hat sie schon so manche schlechte

Erfahrung gemacht, entschuldigte Gottfried ihr Verhalten. Ein nochmaliges Klingeln fand er zu aufdringlich. So lief er einige Schritte weiter zur nächsten Villa. Eine Dame in den mittleren Jahren – einen dicken Schal um den Hals gewickelt – öffnete ihm und empfing ihn herzlich. Er erklärte ihr, dass er im Dienste von Leben und Gesundheit stehe.

„Herr Doktor, kommen Sie herein!" Gottfried, ganz verblüfft, mit „Herr Doktor" angeredet zu werden, betrat ihre Wohnung.

„Setzen Sie sich bitte, Herr Doktor!" Sie ließ ihn gar nicht erst zu Wort kommen. Nachdem sie Platz genommen hatten, erzählte sie ihm scheinbar ohne Luft zu holen ohne Punkt und Komma sofort alle ihre Leiden. Zurzeit fühle sie sich etwas grippös, der Hals schmerze ein wenig, aber das sei ja nicht das Schlimmste, sie habe auch heftige Rückenschmerzen von der Gartenarbeit, schließlich solle ihr Garten immer vorbildlich gepflegt aussehen. Vor allem das linke Hüftgelenk mache ihr so manches Mal zu schaffen, wahrscheinlich seien es die ersten Altersbeschwerden, um die wohl niemand umhinkomme. Vor allem habe sie Schlafprobleme. Auch letzte Nacht habe sie fast kein Auge zu gemacht, sie habe sich in ihrem Bett hin und her gewälzt, selbst das Schäfchenzählen habe nichts genutzt. Dann sei sie von ihrer Harnblase geplagt worden. Als sie von der Toilette zurückkam, sei sie gleich wieder hellwach gewesen. Ihr Schlaf sei sowieso sehr oberflächlich. Wenn dann noch das Schnarchen ihres Mannes einsetze und an ihre Ohren dröhne, sei es mit dem Schlafen ganz und gar dahin. Sie wolle ihn auch nicht immer aufwecken, schließlich müsse er hart arbeiten. Zwar schlucke sie hin und wieder Schlaftabletten, aber zu jeder Nacht wolle sie die nicht zu sich nehmen, denn man wisse ja nicht, welchen negativen Nebeneffekt dies habe.

Manchmal nehme sie etwas Magnesium ein, da es gut für die Nerven sei. „Wissen Sie, ich bin wirklich sehr nervös!“

Gottfried hörte der merklich nervenschwachen Dame aufmerksam zu. Immer, wenn er beginnen wollte, sein Anliegen vorzutragen, unterbrach sie ihn ein ums andere Mal.

„Herr Doktor, bei mir scheint gar nichts mehr richtig zu funktionieren. Schauen Sie sich mal meine Beine an, wie geschwollen sie sind. Das kommt sicherlich vom Herzen, zu viel Wasser, das Herz arbeitet nicht mehr richtig, und betrachten Sie mal meinen Hals; irgendetwas stimmt mit meiner Schilddrüse nicht. Außerdem muss ich oft husten, ob das von der Lunge kommt?“

In diesem Moment klingelte das Telefon.

„Entschuldigen Sie bitte, Herr Doktor, ich bin gleich wieder da!“

Nach einer Weile kam die Dame zurück. Sie wirkte sehr verlegen. „Verzeihen Sie bitte, dass ich Ihnen all meine Gebrechen erzählt habe, Sie sind ja gar nicht der Doktor, den ich erwartete. Er hat mich gerade angerufen und sich entschuldigt, dass er etwas später als vereinbart vorbeikommen werde. Wissen Sie, dieser Herr Doktor kennt mich noch nicht. Er hat sich erst vor Kurzem hier niedergelassen, und ich möchte gern erfahren, was er über meinen Gesundheitszustand denkt. Natürlich hätte ich auch zu ihm gehen können; aber da ich gerade von einer Grippe geplagt werde, ist es besser, wenn er zu mir kommt; und lange im Wartezimmer herumsitzen, ist auch nichts für mich!“

Endlich kommt Gottfried zum Zuge und spricht zu ihr freundlich lächelnd in gelassenem Ton. „Sehen Sie, Frau Gramer, hier habe ich ein Wundermittel für Sie. Es ist aus der Paradies- oder Lebenspflanze gewonnen.“ Dabei zeigte er ihr ein Fläschchen mit dem Lebenselixier.

„Ein Wundermittel kann ich gut gebrauchen, aber gleich eins, das mich wieder kerngesund macht!“

„Das wäre demnach das ideale Arzneimittel für Sie; aber das ist noch nicht alles, es heilt die Psyche, es veredelt den Charakter, es verjüngt, und Sie können eine Lebensdauer bis zu 250 Jahren erreichen, wenn Sie es vorschriftsgemäß einnehmen.“

Schlagartig verfinsterte sich Frau Gramers Miene. „Jetzt machen Sie sich über mich lustig!“

Heiler fingerte seinen Ausweis hervor. „Nein, nein, keineswegs. Sehen Sie, vor 90 Jahren wurde ich geboren. Ich war ein gebrechlicher Greis, hatte immer wieder Schmerzen, und das Mittel, das ich Ihnen anbiete, hat wunderbar gewirkt.“

Frau Gramer bekam ihren Mund gar nicht mehr richtig zu. Sie wusste nicht, ob sie noch recht bei Sinnen ist. Ihr wurde schummrig zumute. Als sie sich wieder etwas fassen konnte, rief sie aus: „Sie sind ja ein Wunderdoktor, aber das kann ich einfach nicht glauben. Sie sind ein echter Spaßmacher!“

„Frau Gramer, gern biete ich Ihnen das flüssige Pflanzenprodukt einschließlich Beschreibung für einen erschwinglichen Preis an. Nehmen Sie es so ein, wie es auf der Gebrauchsanweisung vermerkt ist. Sie werden wieder fit und erreichen dazu noch ein hohes Alter!“

Gerade als die Dame noch ein paar Fragen stellen wollte, klingelte jemand an der Haustür, und Gottfried war heilfroh, diesen Moment zu nutzen, um sich zu verabschieden und einen weiteren Kunden besuchen zu können.

Auch wenn Frau Gramer das Gerede von Gottfried für unsinnig hielt und kein bisschen an diesen Wundertrank glaubte, fand sie seine Episode amüsant und gab ihm gern dafür gleich das Doppelte der verlangten Summe. An der Tür war noch nicht der Arzt, den sie dringend erwartete, sondern der Postbote. Wieder in der guten Stube schaute sie auf das Fläschchen. Da sie überzeugt war, dass alles nur unglaubwürdiges Gerede war und sie sich weder bei ihrem Mann noch beim Arzt lächerlich machen wollte, überhaupt so ein Mittel abgenommen zu haben, nahm sie das Fläschchen, öffnete es und schüttete das Lebenselixier in den Ausguss. Die Gebrauchsanweisung zerschnitt sie mit ihrer Küchenschere in kleinere Teile, legte sie tief unten in den Papierkorb unter anderes weggeworfenes Papier, damit ihr Gatte nicht nachfragen konnte, was sie da zerschnitten hätte.

Für Gottfried war es an der Zeit, eine Mittagspause einzulegen, zudem wollte er nicht die Leute während der Mittagszeit stören. So radelte er zu einer etwas abgelegenen Stelle, setzte sich unter einen Schatten spendenden Baum und verspeiste seine zwei Butterstullen, eine Banane und trank einen vitaminreichen Saft. Andächtig beobachtete er noch eine Weile zwei Zitronenfalter bei ihrem Liebestanz. Dann legte er sich etwas hin und ließ seine bisherigen Erlebnisse in Gedanken Revue passieren.

Nach der erbaulichen Mittagspause begab sich Gottfried zum nächsten Haus auf seiner Liste. Auch hier wurde er von einer Dame liebenswürdig empfangen. An ihren Augen konnte er ablesen, wie glücklich sie darüber war, von jemandem besucht zu werden. Sie bot ihm gleich Kaffee und verschiedene Sorten Gebäck an, was er auch gern annahm. Sie komme ursprünglich aus einer Gegend, wo der Gast – auch der unverhoffte Besucher – in der Regel mit Kaffee und sieben verschiedenen Leckereien verwöhnt würde. Sie empfände dies als eine sympathische Gepflogenheit, die sie beibehalten habe.

„Das ist ein bewundernswerter und nachahmenswerter Brauch", betonte Gottfried nachdrücklich, was die Dame wohlwollend zur Kenntnis nahm. Die Alleinstehende benötigt ein Plauderstündchen, ging es ihm durch den Kopf. Eine Vermutung, die zutraf. Ohne zu zögern, gab sie ihr Inneres preis. Sie sei alleinstehend, sie habe mit keinem Menschen Kontakt, zum Lesen habe sie keine Lust, glücklicherweise existiere das Fernsehen, das ein wenig Abwechslung in ihr Heim bringe; wenn es das nicht gäbe, wäre sie lieber tot.

Dann begann sie, ihre ganze Lebensgeschichte von Kindesbeinen an zu erzählen. Viele Höhen und Tiefen habe es gegeben. Vor allem bedauere sie ihr Pech in der Liebe. Sie sei – abgesehen von einigen unbedeutenden Liebesabenteuern – ehelos durchs Leben gegangen und mit nun siebzig Jahren erwarte sie auch nicht mehr viel vom irdischen Dasein.

Auch dieser einsamen Frau hörte Gottfried konzentriert und mitfühlend zu. „Haben Sie denn keinen Kontakt zu Ihren Nachbarn", fragte er neugierig?

„Gewiss spreche ich mit ihnen hin und wieder, wenn ich ihnen begegne, aber dabei bleibts."

Gottfried konnte nachvollziehen, dass sich die alleinstehenden Älteren, die anderweitig keinen Kontakt pflegten, in mehrstöckigen Häusern einsam fühlten. Die Bewohner wechselten ziemlich schnell, alle waren sehr beschäftigt – zumeist mit sich selbst, sodass keine Zeit für Privatkontakte übrig bleibt und man den anderen Hausbewohnern lieber aus dem Weg geht. Sollte es in dieser Straße so ähnlich zugehen? Das war für Gottfried unfassbar. Hier zog doch niemand schnell um und die Bewohner der Einfamilienhäuser wohnten bestimmt schon seit Jahrzehnten hier. Wahrscheinlich lag es mehr an der Person selbst, denn wer den Kontakt sucht, wird ihn gewiss finden, sinnierte er.

Der Wiederjunggewordene sprach der Dame Lebensmut zu. Er empfahl ihr, sein Wundermittel zu kaufen, damit sie ihre einstige Jugendlichkeit zurückerhalte. Außerdem könne sie ein zurzeit unvorstellbares Alter erreichen – da habe sie sogar noch Jahrzehnte Zeit, um den richtigen Lebenspartner zu finden.

Obwohl aus dem Gesichtsausdruck der Dame sehr große Skepsis sprach, wollte sie es – wider jede Vernunft, wie sie betonte – versuchen und fest an das schier Unglaubliche glauben.

Gottfried war froh, dass alle, die er bisher sprechen konnte, die Chance wahrgenommen hatten, ihm dieses paradiesische Mittel abzukaufen. Anders hatte er es nicht erwartet.

Eigentlich hätte er um diese Zeit schon die Hälfte seiner mitgenommenen Fläschchen mit dem Heilprodukt verkauft haben müssen, stellte er fest. Dem war aber nicht so. Von nun an wollte er sich nicht mehr so lange bei den Leuten aufhalten.

Auf einmal kam er schneller als erwartet voran. Entweder öffnete niemand oder die Häuser waren menschenleer. Am Ende der „Grünen Straße" befand sich noch ein Zweifamilienhaus. Aus dem Fenster des Erdgeschosses schaute gerade ein glatzköpfiger, bärtiger Herr heraus, der seinen 60. Geburtstag schon vor einigen Jahren gefeiert haben müsste. „Guten Tag, ich stehe im Dienst von Leben und Gesundheit! Ich bringe Ihnen etwas, damit Sie jung und fit bleiben! Auf diesem Papier steht alles Wissenswerte geschrieben." Ohne noch mehr Worte zu verlieren, nannte Gottfried sogleich den Preis. Der Glatzköpfige überlegte nicht lange, nahm das Fläschchen entgegen und reichte Heiler alsbald die gewünschte Summe aus dem Fenster. Das ist die richtige Methode, überlegte Gottfried, aber wahrscheinlich reagieren

Männer sowieso anders als Frauen. Sie haben nicht viel zu erzählen und sind froh, wenn so etwas zügig abläuft. Auf diese Weise würde er innerhalb kürzester Zeit die erhoffte Anzahl Käufer erreichen, glaubte Heiler.

Die Eingangstür des Hauses stand offen, also konnte er zur oberen Etage steigen. Er läutete an der Tür und wartete; niemand öffnete. Als er wieder im Erdgeschoss angekommen war, stand der zuerst brillenlose Herr nun mit Brille an seiner Wohnungstür, um Gottfried zu sprechen. „Hören Sie mal her, ich dachte, es handelte sich um einen Ersatz meiner Sportzeitung, die ich regelmäßig beziehe, und diesmal wäre zusätzlich ein nahrhaftes Sportgetränk angeboten worden. In diesem Glauben habe ich ihnen das abgenommen, obendrein bin ich etwas schwerhörig, da habe ich Ihr Gelaber nicht mitbekommen. An diesem unsinnigen Zeug bin ich aber nicht interessiert. Hier haben Sie Ihr Wundermittel zurück; geben sie mir das Geld wieder und dann bitte ich Sie, das Haus zu verlassen!“ Gottfried wusste sofort, dass es nicht viel Sinn machte, hier seine Zeit zu verschwenden. Ohne zu zögern und ohne Widerspruch nahm Gottfried alles zurück, übergab dem Herrn das zurückgeforderte Geld und verließ das Haus. Er war erfreut darüber, sich dank seiner exzeptionellen Kur nicht mehr über ein solches Verhalten aufregen zu müssen. Er merkte, dass er wirklich über den Dingen stand.

Gewitterwolken verdunkelten den Himmel. Gottfried entschloss sich, dem Unwetter aus dem Weg zu gehen und nach Hause zu radeln. Es galt, neue Besuchs- und Verkaufsstrategien zu planen. Tags darauf würde er in dem Villenviertel systematisch weiterarbeiten.

Die ersten Regentropfen fielen auf ihn, als er zu Hause ankam.

VII

Guten Mutes erreichte Gottfried am nächsten Morgen das erste Haus. Eine Dame in den Wechseljahren öffnete. Nachdem sich Gottfried vorgestellt und sein Anliegen vorgetragen hatte, wurde er ziemlich kurz abgefertigt. „Ach ja, von Ihnen habe ich schon gehört, den Leuten das Leben verlängern wollen und dabei Geld kassieren, Sie Schwindler, gehen Sie gefälligst weiter, bei mir ist da nichts zu machen. Ich bin nicht so blöd und falle darauf herein, da müssen Sie sich schon einen Dummen suchen, der so etwas glaubt."

Gottfried wollte gerade seinen Mund auftun. „Nein, nein! Ich will gar nichts hören! Gehen Sie weiter, und belästigen Sie mich nicht länger!"

Der Heilbringer verabschiedete sich freundlich, aber ein bisschen mitleidsvoll. Kein böses Widerwort kam über seine Lippen, was die Frau scheinbar doch beeindruckte. Ihm war bewusst, dass sich der Mensch nicht zu dem macht, der er ist, sondern zu demjenigen wird, der er ist. Allein diese erleuchtende Erkenntnis – wohl ein äußerst positiver Effekt der Einnahme des Paradiespflanzenextraktes – befähigte ihn, sich von solchen unerfreulichen Erfahrungen nicht herunterziehen zu lassen und sogar das unvernünftigste Verhalten aller zu tolerieren.

Auch im nächsten Haus wurde er ziemlich kühl von einem Ehepaar empfangen. „Verschwinden Sie", sagte der Herr und seine Frau fügte hinzu: „Unser Briefträger hat bereits alle Leute in diesem Viertel informiert, dass Sie kommen und uns etwas Wunderliches aufschwatzen wollen. Daran haben wir kein Interesse." Schon war die Tür zu.

Wenn sie doch wüssten, was sie verpassen, dachte Gottfried. Er ging noch zu zwei Häusern und erlebte Ähnliches. Er kam zu dem Schluss, dass es keinen Zweck hatte, hier weiterzuarbeiten und es für ihn besser sei, sich in ein anderes Stadtviertel zu begeben, wo ein anderer Postbote tätig war.

So strampelte er auf seinem Velo zur entgegengesetzten Seite der Stadt. Im ersten Haus wurde er von einem Ehepaar in den Achtzigern gutherzig begrüßt. Erst vor ein paar Tagen hatten sie ‚Eiserne Hochzeit' gefeiert und könnten sich gut vorstellen, eine Ewigkeit miteinander zu verbringen. Gottfried beglückwünschte die beiden und meinte, er habe eine froh machende Botschaft für sie. Er könne ihnen ein Elixier verkaufen, das ihre irdische Lebenszeit bei bester Gesundheit enorm verlängern werde. Wissbegierig wollte das eiserne Ehegespann mehr erfahren. Gespannt an seinen Lippen hängend hörte sich das Paar mit zunehmender Begeisterung Heilers Ausführungen an. Auch wenn alles für sie fast unfassbar erschien, wollten die Eheleute unbedingt eine solche Verjüngungs- und Lebensverlängerungskur ausprobieren. Sie kauften Gottfried zwei Fläschchen ab und versprachen, die Indikationen der Gebrauchsanweisung genauestens zu beachten.

Gottfried versprach, die beiden nach ihrer Verjüngung erneut zu besuchen. Er schrieb ihren Namen und Anschrift in sein Notizbüchlein. Beim Verlassen der Wohnung fielen seine Augen auf einen Spruch, der sich eingerahmt auf der linken Seite neben der Haustür befand und der seine Aufmerksamkeit erregte: „Geh nie im Zorn von deines Hauses Herd, so mancher ging, der nicht zurückgekehrt!" Gottfried apperzipierte diesen Reim als einen bedeutsamen weisen Ratschlag und dachte bei sich, wer erst einmal die heilende

Wundertinktur eingenommen hat, wird durch sein veredeltes Wesen ohnehin keine Zornesausbrüche mehr erfahren. Auch dieser geistvolle Sinnspruch motivierte ihn, den charakterveredelnden Absud der Paradiespflanze weiterhin an den Mann zu bringen.

Im nächsten zweistöckigen Haus traf er im Erdgeschoss eine erheblich beleibte ältere Dame an, die auf ihn einen etwas naiven Eindruck machte. Die Leute, die im oberen Stockwerk wohnten, ein jüngeres noch kinderloses Ehepaar seien gerade im Urlaub, erzählte sie. Auch bei ihr wurde er freundlich willkommen geheißen. Allerdings, berichtete sie, habe sie heute Morgen eine Freundin am Telefon gesprochen, die ihr von einem Herrn erzählt habe, der ihr am Vortag ein Wundermittel andrehen wollte, sie aber ungläubig, wie sie nun einmal sei, nichts davon hätte wissen wollen. Zudem habe sie mit ihrem Arzt darüber gesprochen und der habe ihr versichert, dass es zurzeit weder ein charakterveredelndes noch ein lebensverlängerndes Mittel gäbe. Jedenfalls keins, wodurch das Leben um so viele Jahre prolongiert werden könne; noch nie habe er in den Fachzeitschriften etwas davon erfahren. Das könne also nur ein Schwindel sein.

Die Witwe, die recht bald nach der Hochzeit ihren angetrunkenen Mann durch einen tragischen Unfall verloren hatte, erzählte Gottfried, sie habe seit jener Zeit viel genascht. „Na ja, das sieht man mir auch an", gab sie lächelnd das Unübersehbare zu.

„Jedenfalls finde ich Sie sehr sympathisch; das ist mir am wichtigsten", meinte Gottfried.

In aller Ruhe konnte er die alleinstehende Dame für seine Wunder wirkende Tinktur begeistern.

„Mir ist sonnenklar, das ist genau das Richtige für mich!", erklärte sie euphorisch.

Da gerade Mittagszeit war, verabreichte Heiler ihr den ersten Teelöffel aus dem Fläschchen selbst, und erhielt den gewünschten Geldbetrag; dann verabschiedete er sich.

Während der Mittagspause suchte er sich wie am Tag zuvor ein schattiges Plätzchen, verspeiste seine zwei Stullen und trank einen Vitaminsaft dazu. Beim Essen schaute er den sorglosen Spatzen zu, die in der Nähe herumhüpften. Vor seinen Füßen entdeckte er eine Ameise, die er eine Zeit lang beobachtete. Ihm kam der Gedanke, ein Experiment mit ihr anzustellen. So nahm er etwas von dem Bienenhonig von seiner Stulle und strich ihn ungefähr 50 Zentimeter von der Ameise entfernt auf einen kleinen Stein. Dann wartete er ab, ob das Tierchen die Leckerei mit seinem Geruchssinn entdecken würde. Es war noch nicht einmal eine Minute vergangen, da hörte das Insekt plötzlich auf, ungezielt hin und her zu laufen, reckte das Köpfchen in die Höhe und lief zügig direkt auf den Honigklecks zu. Es nahm so viel wie möglich davon in sich auf. Dann trat es die Rückreise an. Schließlich verschwand die Ameise in einem Löchlein. Nun geschah etwas Bemerkenswertes, was Gottfried frappierte. Schnell gab es mehrere Ameisen, die aus ihrem Nest strömten und schnurgerade zu der Honigstelle liefen. Irgendwie musste die erste Ameise unterwegs winzige Spuren hinterlassen oder ihre Artgenossen anderweitig über diese Futterstelle informiert haben. Alsbald entstand eine richtige Ameisenstraße, auf der die zierlichen Tierchen hin und zurück eilten, sich beim Aufeinandertreffen beschnupperten und wohl Botschaften austauschten.

Sofort kam es bei Gottfried zu einer Vorstellungsverknüpfung. So wie die erste Ameise andere Artgenossen benachrichtigte und immer mehr Individuen von der köstlichen Speise profitierten, so könnte es auch mit der Verbreitung seines Heilextraktes geschehen, malte sich Gottfried aus. Zudem wurde er wieder an ein Schriftzitat seines Religionslehrers erinnert, mit dem der seine Schüler zum Lernen anspornte: „Gehe hin zur Ameise, du Fauler; siehe ihre Weise an und lerne!" Die Ameisen sind tatsächlich emsige Tierchen, von denen etwas gelernt werden kann, konkludierte er. Gottfried philosophierte noch etwas über das kleine Wunderding der Schöpfung, dann machte er sich wieder auf den Weg.

Zuerst versuchte er es in einem mehrstöckigen Haus; er wollte herauszufinden, wie die Leute hier auf sein Kommen reagierten. Verkaufstechnisch ist es vorteilhafter, in der obersten Etage zu beginnen, erwog er. Obwohl es einen Fahrstuhl gab, stieg er als Fitnesstraining alle Treppen hinauf.

Im 5. Stock angekommen, las er auf dem Namensschild an der Tür „Familie Frechdachs". Das ist ja ein eigenartiger Name, dachte sich Gottfried. Vor der Tür sah er mehrere Kinderschuhe. Familie Frechdachs, wiederholte er in Gedanken. Er klingelte. Eine korpulente Dame mit etwas zerzaustem Haar, sehr leicht bekleidet und barfuß erschien an der Tür. Sie musterte ihn von oben bis unten. Noch bevor er ein Wort herausbringen konnte, stellte sie sich breitbeinig vor ihn hin. Die Hände auf ihre herausstehenden Hüften gestemmt schrie sie plötzlich: „Leck mich am Arsch!" Dabei drehte sie sich um, reckte dem verdutzten Gottfried ihren Hintern entgegen, verwies mit ihrer rechten Hand auf ihn und knallte die Tür hinter sich zu. Na, der Name passt ja vortrefflich, dachte Heiler; doch wer weiß, weshalb ihre Triebwelt so wurde, wie sie nun ist. Gerade sie benötigte einen Trunk, der ihre Triebe, die sie zu diesem Auftreten veranlasste, verkümmern ließe und dafür andere Triebe veredelte.

Heiler traf zwei Etagen tiefer eine junge Dame so um die dreißig an. Sie war bereit, ihn in die Wohnung einzuladen. Nachdem sie von Gottfried erfahren hatte, dass er im Dienste von Leben und Gesundheit stehe, erzählte sie ihm sogleich manches von sich. Sie sei psychisch nicht stabil und sehr wetterwendisch, an sonnigen Tagen gehe es ihr einigermaßen, bei Regenwetter oder während der dunklen Jahreszeit sei sie immer sehr deprimiert. Besonders zu schaffen mache ihr jedoch, dass sie nur während einer Schwangerschaft wahrhaft glücklich sei. Danach falle sie wieder in eine Depressivität und würde am liebsten gleich wieder schwanger werden.

Gottfried hörte sich ihren Kummer an, dann erklärte er ihr näher, weshalb er gekommen sei und meinte, gerade für sie die richtige Arznei zu haben. Nach der Einnahme dieses Heilprodukts verschwänden nach einigen Wochen die psychischen Probleme, zudem könne sie bestimmt noch so hundertmal schwanger werden.

„Hundertmal?", rekapitulierte sie. Lachend fügte sie hinzu: „Da müsste ich ja wenigstens ein Alter von 150 erreichen. Das ist doch unmöglich!"

„Wenn Sie dieses Heilprodukt vorschriftsgemäß einnehmen, können Sie sogar 250 Jahre auf diesem Blauen Planeten verweilen", erwiderte Gottfried.

„Das wäre ja ein fast vorsintflutliches Alter!", staunte sie.

„Ja, laut dem biblischen Bericht ist der älteste Mensch sogar 969 Jahre alt geworden – Methusalem. Das habe ich mir noch aus dem Religionsunterricht gemerkt", bekundete Gottfried.

Da sie alles sehr witzig fand, sagte sie lachend: „Stellen Sie sich vor, ich hätte eines Tages hundert Kinder, die auch um die 250 Jahre alt würden und jedes meiner Kinder hätte wiederum hundert Kinder, das wären dann bereits zehntausend Enkel. Schon bei meinen Kindern hätte ich Schwierigkeiten, mir alle Vornamen zu merken; aber von Tausenden Enkeln und Urenkeln etwas zu Weihnachten zu bekommen oder für sie alle ein Geschenklein zum Geburtstag zu besorgen – völlig unmöglich." Die Dame lachte laut auf und fuhr fort: „Aber das wäre ja noch nicht alles. Ich erlebte ja die Geburten wenigstens bis zur achten Generation. Wenn dann die Kinder jeder nachfolgenden Generation mit einhundert multipliziert würden, wären es Millionen, nein sogar Milliarden von Nachkommen, die während meiner Lebenszeit auf der Welt wären – vorausgesetzt sie überleben alle", fügte sie noch nachdenklich hinzu.

„Nun, das ist nur ein unterhaltsames Rechenexempel", meinte Gottfried. „In Wirklichkeit würden die Ehepaare oder Partnerschaften sowieso nicht mehr Kinder als heutzutage auf die Welt setzen; dessen bin ich mir sicher."

„Aber stellen Sie sich vor, Herr …?"

„Heiler ist mein Name."

„Richtig, so stellten Sie sich vor. Entschuldigung, ich habe manchmal ein schlechtes Gedächtnis, hoffentlich ist das kein erstes Anzeichen von Alzheimer!"

„Ach, wissen Sie Frau Liebeswürden, jeder von uns vergisst mal etwas, und außerdem sind Sie dafür noch zu jung. Kalkulieren können Sie jedenfalls sehr gut!", schmeichelte ihr Besucher.

„Danke für das Kompliment! Das Kopfrechnen war schon immer meine Stärke! Schauen Sie, Herr Heiler, wenn alle Menschen von Ihrem Pflanzenextrakt profitieren und sie alle im Durchschnitt 250 Jahre alt werden sollten, dann müsste auch das Rentenalter wenigstens auf 200 heraufgesetzt werden, und die Erde würde doch recht bald sehr überbevölkert sein, wenn nicht ein Krieg oder eine Pandemie mal wieder Milliarden hinwegrafft."

„An so etwas Wahnsinniges wollen wir lieber nicht denken. Ich bin davon überzeugt, dass die Erde wenigstens noch zehnmal so viele Menschen aufnehmen kann, als auf ihr momentan leben. Sehen Sie, wenn alle zurzeit lebenden Erdbewohner ziemlich dicht beieinanderständen, nähmen sie gerade einmal die Landfläche des südamerikanischen Staates von Mexiko ein, und wenn noch etliche zusätzliche Milliarden sehr dicht zusammenständen, wäre dafür fast der südamerikanische Kontinent große genug. Das habe ich von jemandem erfahren, der sich mit dieser Thematik auseinandergesetzt hat. Er meinte sogar, die Erde böte einen Lebensraum für 100 Milliarden Bürger. Vielleicht eine zu optimistische Einschätzung. Sollten die dann sehr dicht beieinanderstehen, fänden alle fast in Nordamerika einen Stehplatz."

„Herr Heiler, schon, in einer Menschenmenge von ein paar Tausend Personen bekäme ich enorme Platzangst. Deshalb bin ich nie zu Massenveranstaltungen gegangen. An die zig Milliarden darf ich gar nicht erst denken. Allein der Gedanke daran könnte mich fast zum Wahnsinn treiben! Mir tun auch die armen Tiere leid, die oft zusammengepfercht in Ställen dahinvegetieren oder dicht gedrängt in Viehwagen zum Schlachthof transportiert werden. Aber, um auf die starke Bevölkerungszunahme aufgrund Ihrer Wundertinktur zurückzukommen, könnte es doch verheerende Folgen für die Menschheit haben. Schon heutzutage bei nur ein paar Milliarden Individuen sterben schon viele an Hunger."

„Das liegt noch an der menschlichen Unvernunft! Die gesamte Menschheit benötigt dringend dieses Mittel, das ich Ihnen zum Kauf anbiete, um vernünftig zu werden!"

„Ach, es verlängert nicht nur das Leben, es macht auch vernünftig?"

„Natürlich, denn wenn diese besonderen Tropfen einmal ihre Wirkung im Menschen entfalten, werden der Vernunfttrieb und andere edle Triebe gestärkt. Die Lebensverlängerung ist eigentlich zweitrangig. Das Vernünftigwerden wäre viel relevanter. Eines kann ich Ihnen versichern: Wenn von Viehzüchtern dieses Mittel eingenommen wird, werden sie sich ganz gewiss auch für eine artgerechte Tierhaltung einsetzen."

„Das ist ja ein echtes Wundermittel, es hat demnach sehr verschiedene Wirkungsweisen."

„Zweifellos! In den ersten Tagen nach der Einnahme merken Sie gar nichts. Sie könnten beginnen, daran zu zweifeln, ob je so ein versprochenes Wunder geschehen würde. Erst nach einigen Wochen findet die psychische Erneuerung statt, die mit einer Charakterverbesserung verbunden ist. Sie geht einher mit der körperlichen Heilung, wobei auch die Immunkräfte, die gegen die verschiedensten Krankheiten wirksam sind, vehement gestärkt werden. Noch bevor die psychisch-körperliche Heilung abgeschlossen ist, verändert sich überdies das Äußere bei den Älteren."

„Das ist ja der reinste Wahnsinn! Dass es so etwas gibt! Unglaublich!", rief Frau Liebeswürden erstaunt.

„Ja, meine Liebe, stellen Sie sich mal vor, was für eine Wunderwirkung das auf den persönlichen Umgang miteinander hat. Diejenigen, die vorher andere aus irgendeinem Grund angeschrien haben, sind auf einmal nicht mehr dazu in der Lage. Im Gegenteil. Sie suchen die Kooperation und die Verbesserung für alle Parteien."

„Das wäre das richtige Mittel für meinen Mann! Ehrlich gesagt – auch ich schreie ihn manchmal an. Folglich wäre es ein vorzügliches Produkt für uns beide. Zurzeit ist er für seine Firma wieder einmal auf Geschäftsreise im Ausland.

Das trägt auch zu meinen depressiven Perioden bei. Da er weiß, dass ich mich während einer Schwangerschaft am wohlsten fühle, nimmt er darauf Rücksicht und schwängert mich von Zeit zu Zeit."

„Wie viele Kinder haben Sie denn inzwischen?"

„Wir sind drei Jahre verheiratet und haben drei Kinder, zwei Jungs und ein Mädchen, das Vierte ist unterwegs, was meine Bauchwölbung, wie Sie sehen, bereits andeutet. Das Jüngste schläft zurzeit nebenan; die beiden anderen sind in der Kindergrippe. Nun bin ich ja nicht mehr die Jüngste, und ich habe schon Angst vor der Zeit, wenn ich keine Kinder mehr gebären kann."

„Auch dieses Problem ist mit dem Lebensverlängerungsmittel keines mehr, das ich ihnen anbiete."

„Ach ja, das stimmt! Das war mir schon wieder entgangen! Sind Sie sich dessen sicher, dass da die Menopause um zig Jahre verschoben werden kann?"

„Wenn es zutrifft, dass Frauen bis ungefähr zum 180. Lebensjahr Kinder gebären können – dann schon! Die jugendliche Virilität und die Potenz sind jedenfalls bei einem sehr alten Mann nach Einnahme des Mittels und stattgefundener Verjüngung gewährleistet. Da spreche ich aus eigener Erfahrung!"

„Inwiefern haben Sie es bei sich festgestellt?"

„Erraten Sie mal mein Alter!"

„Ungefähr 30 Jahre."

„Da haben Sie nur um etwa 60 Jahre geirrt. Ich gehe nämlich inzwischen auf mein 91. Lebensjahr zu."

„Was? Sie sind fast 91? Das ist wirklich unfassbar!"

„Ja, bei mir hat das Heilpflanzenprodukt innerlich und äußerlich angeschlagen."

„Vielleicht sollte das Mittel erst eingenommen werden, wenn man alt ist?"

„Nein, nein, Frau Liebeswürden, Sie können es in Ihren jungen Jahren einnehmen; das hilft Ihnen bereits für die Charakterveredlung, es gibt ihnen die nötige Immunität gegen Krankheiten, und der Alterungsprozess verläuft äußerst langsam. Nur wenn Alte wie ich es eingenommen haben, werden sie ungefähr 60 Jahre jünger. Dann beginnt aufs Neue das Älterwerden; es verläuft dann ein klein wenig schneller als bei Ihnen, denn Sie werden dann trotzdem ungefähr 60 Jahre länger leben als ich."

„Wenn Sie wieder alt sind – sagen wir – in 150 Jahren, dann wären Sie 240, könnten Sie ja wiederum dieses Mittel einnehmen; dann werden Sie abermals jung und beginnen nochmals ein ganz neues Leben."

„Das geht leider nicht. Denn dieses Pflanzenprodukt wirkt meines Wissens nur ein einziges Mal, was grundsätzlich sinnvoll ist, sonst würden alle ewig leben", meinte Gottfried.

„Und ewig Kinder gebären", fügte sie lachend hinzu.

„Das ist dann vielleicht für eine andere Welt vorgesehen. Aber depressiv werden Sie sowieso nicht mehr sein, sobald diese paradiesische Arznei wirkt."

„Sagen Sie mal, vererbt sich auch die lange Lebenserwartung bei den Nachkommen von Menschen, die das Heilmittel eingenommen haben?"

„Die Antwort darauf steht noch in den Sternen. Das wird sich noch zeigen!"

„Sie wollen mir also etwas andrehen, wovon Sie selbst noch gar nicht wissen, wie es sich letztlich auswirkt?"

„Ich will Ihnen gar nichts andrehen, sondern Ihnen nur den Rat geben, dieses Heil bringende Produkt zu kaufen. Das Wichtigste ist bekannt, und nur darauf kommt es schließlich an!"

„Nun gut, Herr Heiler, ich kaufe Ihnen zwei Fläschchen ab, und ich hoffe, meinen Gatten auch von der Wunderwirkung überzeugen zu können."

In diesem Moment begann das Baby zu schreien. Gottfried verabschiedete sich und dankte für die amüsante Unterhaltung.

Im nächsten mehrstöckigen Gebäude, das Gottfried aufsuchte, blieben ihm die Türen bis auf eine verschlossen. Noch bevor ihm ein kleiner Junge öffnete, hörte er, wie die Mutter ihrem Sohn zurief: „Wenn es ein Fremder ist, dann sage, dass ich nicht zu Hause bin." Ganz ehrlich überbrachte das Söhnchen dem Fremden die Botschaft: „Meine Mutter ist nicht zu Hause, hat sie mir gerade gesagt." Gottfried akzeptierte die Lüge schmunzelnd. Er wollte weder den Kleinen noch seine Mutter unnötig in Verlegenheit bringen.

So ging er weiter von Haus zu Haus, teils mit Erfolg, teils ohne. Nur eine Dame – wohl in den Vierzigern – hinterließ an diesem zweiten Arbeitstag noch einen tiefen Eindruck auf ihn. Wortlos wurde er von ihr in eine enorme Küche geführt. Er stellte seine Tasche auf einen Stuhl. Sie setzte sich an den Küchentisch und bedeutete Gottfried, er möge sagen, was er wolle, bot ihm aber keinen Sitzplatz an.

Gottfried berichtete über sein Elixier und dessen Wirkung. Regungslos, ohne die Miene zu verziehen, und ohne ein Wort des Staunens starrte sie ihm in die Augen. Nach einer Weile stand sie auf, ging kurz in ein Nebenzimmer. Kauend kam sie einen Augenblick später zurück, begab sich zu Gottfrieds Tasche und fing an, darin herumzukramen.

Gottfried schaute ihrem Treiben wie versteinert zu. Das konnte doch wohl nicht wahr sein! Konnte er seinen Augen noch trauen? Einige Fragen schossen ihm durch den Kopf, auf die er gern eine Antwort gehabt hätte. War die Frau nicht bei Sinnen? Stand sie unter Drogen, war sie dement oder vielleicht taubstumm? Sollte Letzteres zutreffen, hätte sie es ihm zweifellos durch Zeichen zu verstehen gegeben, erwog Gottfried. Wie froh war er, als sie sich von der Tasche zurückzog. Diesen Augenblick nutzte er, die Tasche schnell zu schließen, sie vom Stuhl zu nehmen und die Wohnung zu verlassen. Nicht einmal einen Abschiedsgruß brachte der sonst stets Höfliche über die Lippen, so zugeschnürt war seine Kehle. Dieses Erlebnis hinterließ bei ihm tatsächlich einen bleibenden Eindruck.

Für Gottfried waren die ersten Tage als Verkäufer des wundersamen Heilextraktes sehr erlebnis- und lehrreich. Die verschiedensten Typen von Menschen, ihre Sorgen und Nöte beschäftigten ihn. Vor allem das Benehmen derjenigen, die ihm nichts abkauften, die ihm gegenüber sehr misstrauisch waren – und derer waren ziemlich viele – versuchte er zu verstehen. Bei dem Lug und Trug in dieser Welt erschienen ihm ihre Reaktionen letztlich nicht verwunderlich. Er glaubte jedoch fest daran, dass sich sogar die Nichtkäufer eines Tages um dieses heilsame Wundermittel reißen würden, sobald die ersten unzweifelhaften Beweise für dessen Effektivität vorlägen.

VIII

Nachdem der jugendliche 91-Jährige ungefähr anderthalb Wochen von Haus zu Haus geschritten war, wurde ihm allmählich klar, auf diese Weise Jahre zu benötigen, um einzig und allein die Bürger seiner Stadt zu erreichen. So überlegte er, wie er seine Abertausenden Fläschlein so schnell wie möglich all denen in der Stadt, die schon ihr ganzes Leben ein solches Lebenselixier herbeiwünschten, erfolgreich feilbieten könne. Eine Annonce in die städtische Tageszeitung zu setzen und das Heilmittel an bestimmten Tagen in seiner Wohnung anzubieten, kam nicht infrage; schließlich sollte niemand erfahren, wo er wohnte. Außerdem befürchtete er, eine lange Menschenschlange könnte sich vor seiner Tür bilden, die sich alle Treppen hinunter und noch weit die Straße entlang hinstrecken würde. Um für eine öffentliche Veranstaltung einen großflächigen Saal mieten zu können, fehlte ihm das nötige Geld. Glücklicherweise löste ein Geistesblitz dieses Problem. Er lud die Einwohner der Stadt per Zeitungsinserat für den darauf folgenden Sonntagnachmittag um 16 Uhr zu einer Versammlung unter freiem Himmel auf dem Marktplatz ein. Der bot Platz für gut 1000 Leute. In seiner Anzeige versprach Gottfried allen Interessierten, die lange jung, körperlich fit und psychisch gesund bleiben oder werden wollten, ein finanziell erschwingliches, einzigartig wirkendes Medikament erwerben zu können.

Gottfried bereitete sich angesichts der immensen Wichtigkeit des Themas sehr gut vor. Er fragte sich allerdings, ob der zur Verfügung stehende Platz wohl ausreichen würde. Für die Bewohner des Hauses, in dem er wohnte, brachte er im Erdgeschoss auch ein Einladungsplakat an. Gottfrieds Idealismus und Optimismus kannten keine Grenzen. Glücksgefühle überkamen ihn, wenn er an die Verkündung seiner frohen Kunde dachte. Die Mundpropaganda würde alsbald für eine deutliche Verbreitung sorgen. Danach müsste die lebenspendende Pflanze bald massenweise angebaut werden, damit sämtliche Bürger des eigenen Landes und die aller anderen Länder innerhalb kürzester Zeit mit dem Heilprodukt bedient werden können. Am Ende stünde eine gesundete Welt ohne Krieg – welch beachtliche Zukunftserwartung!

Der Wiederjunggewordene war an diesem regenfreien Tag schon zwei Stunden eher auf dem Platz angelangt. Sein grünlich gefärbtes Fahrrad, mit dem er in einem Karton mehrere Hundert Fläschchen des Menschheitsheilmittels transportierte, lehnte er an eine hüfthohe Ziermauer. Die Box mit dem äußerst kostbaren Inhalt stellte er auf die Sitzbank, die sich direkt vor dem Mauerwerk befand. Nur ein Fläschlein des Wunderpharmakons, das zur Vorführung dienen sollte, nahm er heraus. Derjenige, der ihm die für eine so große Veranstaltung geeignete Lautsprecheranlage installieren wollte, arbeitete bereits daran. Dann begann das Warten. Es war fast 16 Uhr. Weit und breit gab es niemanden, der sich für den Stand zu interessieren schien. Heiler wartete geduldig. Wer ist bei solchen Veranstaltungen schon pünktlich? Wahrscheinlich kommen sie alle eine Viertelstunde später scharenweise an, erwog er. Doch auch dieser Wunschtraum blieb unerfüllt. Schließlich humpelte ein wohl 90-jähriger Greis auf einem Stock heran. Gottfried verglich ihn gleich mit sich selbst, bevor er sich der Verjüngungskur unterzogen hatte. Der Alte schaute sich in Heilers Nähe auf dem enormen Marktplatz um. Er wandte sich an Gottfried und fragte, ob er sich geirrt habe und der angekündigte Vortrag auf einem anderen Platz stattfinden würde. Gottfried versicherte ihm, dass er hier richtig sei und der Vortrag bald beginnen werde.

„Es scheint aber so“, warf er ein, „dass die meisten erst später kommen“. Selbst wenn nur zwei oder drei Interessierte kämen, würde er den Vortrag halten.

In den nächsten Minuten versammelte sich dann doch ein Publikum von zwölf Interessierten – sieben Frauen und fünf Männer. Gottfried berichtete den Zuhörern, die ihm mit ungläubigen Gesichtern so doch aufmerksam ihr Gehör schenkten, seine persönliche Geschichte und die Erfahrung mit dem Wundermittel.

Nach einer Weile fragte ihn einer der Zweifler ein wenig spöttisch: „Wäre nicht der gesamte Platz voller Menschen, wenn all das wahr wäre, was Sie erzählen? Halten Sie uns wirklich für solche Narren, dass wir diesen Unsinn glauben?“ Großes Gelächter! Nur Gottfried blieb ernst.

Ein Zweiter schloss sich dem Spott an. „Sie erzählen uns hier ihre erfundene Begebenheit so, als hätte sie sich tatsächlich ereignet; was für ein Talent!“ Während Gottfried unbeirrt weiter erzählte und versuchte, seine Zuhörer zu überzeugen, liefen bereits einige weg.

Zwei Herren im Rentenalter, die zuletzt gekommen waren, tuschelten miteinander und warfen Gottfried hämische Blicke zu. Auf einmal schrie einer von ihnen: „Anzeigen werde ich Sie!“ Der andere, offenbar sein Bekannter oder Freund, brüllte: „Auch ich zeige Sie an. Wollen doch mal sehen, wo Sie dann mit Ihrem ‚Wunderextrakt‘ bleiben!“

Gottfried, ganz gelassen und seiner selbst völlig sicher, erwiderte freundlich: „Machen Sie das ruhig, es wird für mich kein Problem darstellen!“

Da drehten sich die Schreihälse um und entfernten sich. Gottfried dachte sich, die Hauptsache sei, er habe seine Pflicht getan und könne ruhigen Gewissens schlafen. Schließlich könne keiner seiner Zuhörer eines Tages sagen, nichts von diesem Wundermittel erfahren zu haben.

Zu guter Letzt stand nur noch ein Mütterchen um die 80 Lenze vor Gottfried und sprach ihn an. Er war heilfroh, doch noch jemanden vor sich zu haben, der Interesse an seinem Wunderprodukt zeigte.

Sie kaufte ihm ein Fläschchen ab, denn sie hegte die Hoffnung, ein zweites Leben beginnen zu können und viele der Fehler, die sie in der Vergangenheit und besonders während ihrer Jugendzeit begangen hatte, vielleicht wieder gutmachen zu können. „Wir leben wirklich in einer sehr misstrauischen Welt; aber ich glaube Ihnen aufs Wort“, fügte sie hinzu.

Gottfried musste zugeben, dass er zwar gut mit Kritik und Häme umzugehen verstand, aber diese Verhaltensweise, ihr seiner Person entgegengebrachtes Vertrauen, war Balsam für seine Seele. Nachdem sie noch einige Gedanken ausgetauscht hatten, verabschiedeten sie sich.

„Na, für die wenigen Leutchen hätte ich mir die Mühe ersparen können, die Sprechanlage aufzubauen“, scherzte der Installateur.

„Sehen Sie, niemand kann im Voraus wissen, wie so eine Veranstaltung abläuft“, erwiderte Gottfried und fügte hinzu: „Sie haben von mir das Geld für die Installation erhalten und sich dazu noch meine Erzählung anhören können, dann hat sich für Sie doch alles gelohnt!“

„Herr Heiler, dem muss ich immerhin zustimmen!" Nach einem kurzen Zögern ergänzte er: „Okay, auch ich kaufe Ihnen ein Fläschchen ab, man weiß ja nie ..."

„Sie werden es nicht bereuen, mein Bester. Sie werden als neuer Mensch bei guter Gesundheit ein außergewöhnlich hohes Lebensalter erreichen."

„Herr Heiler, ich nehme noch zwei Fläschlein zusätzlich, eins für meine Frau und das andere für meine Schwägerin – hm – und noch ein weiteres für – das weiß ich noch nicht – als Reserve. Man weiß ja nie ...". So kaufte ihm der gute Mann insgesamt vier Fläschchen ab. Damit waren zwar Heilers Ausgaben nicht gedeckt, doch zumindest empfand er es als versöhnenden Abschluss, einen kleinen erfreulichen Beitrag verbuchen zu können. Dann half Gottfried beim Abbau der Anlage. Bevor sie sich verabschiedeten, überraschte ihn der Installateur mit den Worten: „Herr Heiler, ich habe mir noch mal alles durch den Kopf gehen lassen. Wenn dieses Mittel so wirkt, wie Sie es angekündigt haben, dann ist es – im Grunde genommen – unbezahlbar. Das Geld, das ich für das Installieren der Anlage von Ihnen erhalten habe, möchte ich Ihnen gern erstatten." Schon zückte er seine Brieftasche und drückte dem verdutzten Heiler das Geld in die Hand. Gottfried bedankte sich vielmals, und beide gingen frohen Mutes auseinander. Gottfried freute sich, dass seine Bilanz unter dem Strich nunmehr keine roten Zahlen aufwies. Denn nun war selbst das Zeitungsinserat bezahlt.

IX

Bis zu diesem Moment hatte Gottfried den Kontakt mit den Mitbewohnern seines Hauses stets vermieden. Das sollte sich von nun an ändern! So beschloss er, wenigstens alle kennenzulernen und falls sich die Möglichkeit ergäbe, ihnen von der Lebenstinktur zu erzählen. Den Vormittag nach dem Marktplatzfiasko nutzte er, um seine Wohnung zu säubern und aufzuräumen. Am Nachmittag drängte es ihn, seine Nachbarn zu besuchen. Ganz bewusst verzichtete er auf seine Tasche. Niemand sollte auf den Gedanken kommen, er sei ein Hausierer. Sollte jemand an seinem Wundermittel Interesse zeigen, so war jederzeit schnell ein Fläschlein aus seiner Wohnung geholt.

Gottfried begann wie immer bei Mehrfamilienhäusern in der obersten Etage. Er läutete hier und da. Niemand öffnete. Entweder waren die Bewohner zur Arbeit, oder sie lugten durch den Türspion. Misstrauisch gegenüber allen Unbekannten blieb die Tür dann oft geschlossen. Gottfried hatte Verständnis dafür, denn er handelte ebenso.

Doch dann ließ ihn eine alte Dame, die auf Gottfried sofort einen noch ziemlich rüstigen und sehr liebenswürdigen Eindruck machte, sogleich ein. Gottfried fiel ihre gepflegte Erscheinung auf. Sie trug einen etwas über knielangen schilfmelierten Rock, eine schicke kurzärmelige anthrazitfarbene Bluse. Ihr graues Haar war mittellang, in Stufen geschnitten und sehr gepflegt. Die gemütliche Wohnung wirkte geräumig, war geschmackvoll eingerichtet – und blitzsauber. Er stellte sich als Gottfried Heiler und Mitbewohner des Hauses vor.

„Maria Liebermann. Freut mich. Treten Sie ein." Sie bat ihn, im Wohnzimmer Platz zu nehmen. Aus ihrem Getränkeangebot wählte er ein Glas Orangensaft. Sogleich begann sie das Gespräch:

„Wissen Sie, Herr Heiler, eigentlich öffne ich nie, wenn jemand an der Tür klingelt. Ich gucke durch das Löchlein und lasse keinen Unbekannten herein. Vorsicht ist geboten, denn wem kann man heutzutage noch vertrauen?"

„Ja, wir können nicht vorsichtig genug sein. Ich handle eigentlich wie Sie."

„Sie habe ich hereingelassen, weil ich Sie schon einige Male gesehen habe; denn oft schaue ich durch mein Wohnzimmerfenster, da sehe ich die Leute ein- und ausgehen, und als Sie vor der Tür standen, wusste ich gleich, dass Sie etwas mit dem Haus zu tun haben müssen. Meines Erachtens bin ich Ihnen auch schon einmal im Fahrstuhl begegnet; wir haben uns gegrüßt, aber das war alles. Na ja, heutzutage ist jeder hauptsächlich mit sich selbst beschäftigt. Übrigens, zurzeit soll sowieso ein Herr um die 30 von Haus zu Haus gehen, der den Leuten ein Wundermittel anschmieren will. Es soll zwar nicht sehr teuer sein; doch welcher Clevere verschwände überhaupt etwas Geld für solch eine Betrugsmixtur! Trotzdem soll es Leute gegeben haben, die auf sein Gequatsche reingefallen sind! Das habe ich so nebenbei erfahren. Bei mir hätte er da keinen Erfolg gehabt! Na ja, ich hätte ihn gar nicht erst hereingelassen!"

„Wissen Sie etwas von diesem Mittel?", wollte Gottfried von ihr erfahren.

„Nicht so viel. Stellen Sie sich mal vor, ein Alter bis zu 250 Jahren könnte erreicht werden, es gäbe eine Immunität gegen Krankheiten, und da war noch etwas – das habe ich ganz und gar vergessen – na ja, in meinem Alter – ach, jetzt fällt es mir wieder ein, man würde sogar charakterlich erneuert werden. Wer glaubt denn so was!“

„Ja, es klingt völlig unglaubwürdig“, stimmte ihr Gottfried zu. „Aber wenn nur ein Fünkchen Wahrheit darin stecken würde? Was wäre, wenn stimmen sollte, was er erzählt? Dann könnten es all diejenigen eines Tages sehr bereuen, die diese Mixtur nicht erworben haben.“

„Ja, falls es stimmen sollte“, wiederholte sie nachdenklich Gottfrieds Aussage. „Aber leider kann das alles nicht wahr sein, und wenn es Leute gegeben hat, die sich haben überreden lassen, dann glauben sie einfach der Lüge mehr als der Wahrheit.“

„Das könnte natürlich sein. Allerdings kommt es ebenso vor, dass die Masse der Menschen der Lüge mehr als der Wahrheit vertraut! Das hat die Geschichte schon gezeigt. Auch diese Möglichkeit darf man nicht ausschließen“, entgegnete Gottfried.

„Dem pflichte ich bei! Nur handelt es sich hier ja um einen offensichtlichen Betrug. Übrigens, vielleicht haben Sie es auch gelesen, da hat doch dieser Herr oder jemand von seinen Mitarbeitern oder Mitarbeiterinnen es gewagt, sogar unten in unserem Hausflur eine Einladung zu diesem Quatsch auf dem Marktplatz zu annoncieren. Das ist doch die reinste Frechheit, finden Sie nicht auch?“

„Wenn er davon überzeugt ist, dass das, was er anbietet, wirklich den Menschen hilft, die das Mittel einnehmen, dann finde ich es eher gut.“

„Lieber Mann, ich bekomme fast den Eindruck, als verteidigten Sie diesen Quacksalber. Haben Sie seine Annonce überhaupt gelesen?“

„Ja, Frau Liebermann."

„Und sind Sie am Sonntagnachmittag auf dem Marktplatz gewesen?"

„Ja natürlich, für mich war es sehr wichtig."

„Ah, dann kennen Sie ja diesen ... diesen Guru besser als ich vom Hörensagen!"

„Wohl etwas besser, denn wer könnte je behaupten, einen andern ganz zu kennen, wenn man sich selbst nicht einmal kennt?"

„Sie kennen sich selbst nicht?"

„Ja, ich kann mich tiefenpsychologisch nicht selbst erfassen – und kein Psychologe kann den Anspruch erheben, sich selbst geschweige denn andere ganz und gar zu verstehen. Das habe ich erkannt."

„Sind Sie Psychologe?"

„Nein, das nicht, das habe ich irgendwo gelesen. Ich bin aber an Menschen interessiert."

„Welchen Beruf üben Sie denn aus?"

„Ich habe als Handelsvertreter gearbeitet und für ein paar Monate sogar in einer Gärtnerei, um etwas gesunden Pflanzenduft zu atmen."

„Und nun?"

„Jetzt bin ich dabei, mich mit Pflanzentinkturen zu beschäftigen."

Gottfried fand das Gespräch mit der Greisin, die ihm für ihr Alter noch recht jugendlich erschien, sehr amüsant. Deshalb wollte er ihr noch nicht sein eigentliches Anliegen offenbaren.

„Ah, jetzt verstehe ich es, dass Sie zu diesem Kurpfuscher auf den Marktplatz gegangen sind; es war bestimmt wegen dieser Wunderpflanze, um mehr über sie zu erfahren. Sind Sie am Ende dahingehend schlauer gewesen?"

„Nein, das nicht, nur was die Reaktion der Leute betrifft, die gekommen waren."

„Wie viele waren denn da?"

„Ein Dutzend. Und der Installateur der Sprechanlage."

„Dann sind nicht viele gekommen, junger Mann. Sehen Sie, ich verstehe ja die Leute, die von vornherein keine Zeit für so einen Unsinn verschwenden wollen. Und dann gibt es noch diejenigen, die neugierig sind oder die sich vielleicht gern über so einen Wahnwitz lustig machen. Da muss ja der Scharlatan enttäuscht gewesen sein; der tut mir ja im Nachhinein fast leid. Ich glaube, ich hätte ihm schon aus Mitleid etwas abgekauft, wenn ich dort gewesen wäre. Und um zu beweisen, dass er ein Scharlatan ist, der gutgläubigen Menschen falsche Hoffnungen macht. Haben Sie ihm dieses Betrugsfläschlein abgekauft?"

„Nein, das habe ich nicht."

„Na, sehen Sie. Sie gehören doch noch zu den Vernünftigen. Mitleid mit ihm haben Sie jedoch nicht gezeigt. Aber das ist auch verständlich. Schließlich soll er es zu spüren bekommen, dass es sich nicht lohnt, die Menschen zu betrügen. Hat überhaupt jemand etwas von ihm gekauft?"

„Eine Person nach der anderen ist, ohne etwas zu kaufen, weggegangen. Zwei von den Neugierigen haben die Absicht bekundet, ihn anzuzeigen. Nur eine ältere Dame hat ihm ein Fläschchen abgenommen."

„Vielleicht aus purem Mitleid, oder sie hat wirklich geglaubt, sich damit verjüngen zu können. Sollte Letzteres stimmen, dann wird sie bald eines Besseren belehrt werden."

„Der Installateur hat seinerseits vier Fläschchen abgenommen, eins für sich, ein zweites für seine Frau, ein drittes für seine Schwägerin und dann noch eins als Reserve. Ja, das habe ich so gehört."

„Der Arme! Wie konnte er nur so gutgläubig sein? Na ja, sollte der Kurpfuscher tatsächlich angezeigt werden, wird die Polizei ihn bald fassen. Dann wird er diese Quacksalberei sein lassen! Wie hat er denn auf die Aussicht, angezeigt zu werden, reagiert?“

„Ziemlich gelassen, so als würde es ihn keineswegs beunruhigen.“

„Das ist schon eigenartig!“

„Dem stimme ich zu! Was haben Sie denn beruflich gemacht, wenn ich fragen darf?“

„Ich war Biologielehrerin.“

„Biologielehrerin?“, repetierte Gottfried.

„Ja, an einer höheren Schule. Ach, wie gern habe ich meinen Schülerinnen und Schülern von der Fauna und Flora erzählt. Ein unbeschreiblich faszinierendes Sujet, das kann ich Ihnen versichern! Deshalb kenne ich mich auch in der Pflanzenwelt aus!“

„Das kann ich mir gut vorstellen!“

„Sehen Sie, Herr Heiler, es gibt zwar Pflanzen und Kräuter, die heilend, beruhigend, stimulierend und so weiter wirken, vielleicht sogar das Altern ein wenig verlangsamen, aber ein Pflanzenextrakt, das solch ein Wunder vollbringt, das fast einer Metamorphose gleichkommt, wie der Hausierer und Leuteverführer verspricht, gibt es wirklich nicht! Das ist nun einmal lauter Lug und Betrug! Stellen Sie sich mal vor, so etwas gäbe es tatsächlich. Das wäre mehr als eine Sensation! In Zeitungen, Radios, im Fernsehen – überall würde nur noch darüber gesprochen werden, und die Leute würden sich um dieses Wundermittel reißen – aber höchstwahrscheinlich nicht alle, denn es gibt bestimmt auch viele, die gar nicht so alt werden wollen.“

„Aber doch wohl gesund sein, verjüngt werden oder lange jung bleiben und eine Charakterveredlung erleben“, meinte Gottfried.

„Vernünftigerweise ja, zumindest was die Gesundheit betrifft. Was sich jedoch auf den Charakter bezieht, da bin ich mir nicht so sicher! Sollten alle Erdbewohner von so einem Wundermittel Gebrauch machen, dann gäbe es doch das reinste Paradies auf Erden!“

„Nicht ganz“, fügte Gottfried hinzu, „Nicht jeder Charakter wäre gleich und es gäbe immer noch Zufälle, die zur Verquickung ungünstiger Umstände mit negativen Konsequenzen führen könnten und kaum absehbar sind. Selbst schwere Unfälle wären noch möglich. Eine Lebensverlängerung bedeutet noch kein ewiges Leben, was es wohl in einem Paradies geben müsste; denn der Tod ist ja nicht gerade etwas Paradiesisches.“

„Eher etwas Angsteinflößendes – anderseits kann sich wohl kein Sterblicher vorstellen, was es bedeutet, ewig zu leben.“

„Glauben Sie an Gott oder an einen Schöpfergeist?“, wollte Gottfried wissen.

„Sehen Sie, ich musste zwar die Evolutionstheorie lehren, die für mich mehr eine Hypothese ist, aber ich bin davon überzeugt, dass eine überirdische Geisteskraft vorhanden sein muss, die die Vielfalt, die Schönheit und all das Erstaunliche, was die Natur bietet, erdacht und geschaffen hat. So habe ich natürlich in meinen Klassen auch verschiedene starke Argumente, die gegen eine Evolution sprechen, als Stoff zum Nachdenken gegeben.“

„So haben Sie das wenigstens nicht so einseitig dargestellt. Ich glaube auch an eine höhere Kraft. Zudem kann ich mich noch an so manches aus dem Religionsunterricht erinnern.

Eine andere Frage: Würden Sie solch eine Wundertinktur einnehmen, falls es diese tatsächlich gäbe?"

„Natürlich, junger Mann. Ich habe ein tolles Leben gehabt und wieder wie dreißig sein zu können, ein zweites und dazu noch ein sehr langes Leben zu genießen, das wäre unvorstellbar fantastisch."

Bei diesen Worten leuchteten ihre Augen auf. Ein strahlendes Lächeln verjüngte ihr anmutiges Gesicht. Sie stand auf, begab sich zu einem Bücherschrank, nahm ein Fotoalbum heraus und präsentierte ihrem Besucher glücklich Bilder ihrer Jugendzeit.

Gottfried kam aus dem Staunen nicht heraus. „Bildhübsch, sehr attraktiv, bezaubernd, sehr charmant", konnte er nur noch stammeln, so beeindruckt war er.

„Vielen Dank für Ihre Komplimente, Herr Heiler! Noch mal so jung zu werden, wie Sie es sind, ach, ich muss gar nicht daran denken; aber wissen Sie, auch Sie sind ein sehr attraktiver junger Mann. Wenn ich jung wäre, könnte ich mich richtig in Sie verlieben! Das darf ich als inzwischen Altgewordene wenigstens rhetorisch andeuten. Na ja, schade", ergänzte sie lächelnd.

„Oh, danke, danke vielmals für Ihre Nettigkeit! Als ich an der Tür Ihren Namen las, dachte ich mir gleich, hier eine alleinstehende Dame anzutreffen. Sind Sie nie verheiratet gewesen?"

„Nein, ich bin eine alte Jungfer", schmunzelte sie. Dann ging ihr Blick in die Erinnerungen. „Ich hatte ziemlich viele tolle Angebote von so manchem netten Gentleman. Ich hatte die Wahl und somit die Qual. Doch für keinen konnte ich mich völlig begeistern. Und nur zu heiraten, um verheiratet zu sein, kam für mich nie infrage. Wahrscheinlich hat einfach die echte hingebungsvolle Liebe gefehlt." Sie schaute

Gottfried verschmitzt von der Seite an. „Sie wären da bestimmt eine Ausnahme gewesen, denn Sie strahlen etwas aus, was auf mich ganz bestimmt anziehend gewirkt hätte."

Gottfried erkannte in diesem Moment eine Gelegenheit. Und weil ihm Frau Liebermann ebenfalls mehr als sympathisch war, wagte er einen kleinen Schritt in Richtung Wahrheit. „Vielleicht habe ich diese Pflanzentinktur zu mir genommen und bin gar nicht so jung."

„Herr Heiler, Sie Spaßvogel. Ein verführerischer, geradezu extravaganter Gedanke." Sie lachte übers ganze Gesicht. „Na ja, glücklicherweise hat mich mein Beruf immer auf dem Boden der Tatsachen gehalten. Aber wenn ich ehrlich bin, tut es richtig gut, wenigstens für kurze Zeit mal in eine Traumwelt einzusteigen. Ohne diesen Schwindler wären wir gar nicht erst auf solch lustige Gedanken gekommen. In diesem Sinne hat er uns beiden schon etwas Gutes angetan. Herr Heiler, eigentlich könnten Sie mich öfter besuchen, dann könnten wir hin und wieder gemeinsam lachen."

„Aber gern", erwiderte Gottfried. „Die Einladung kann ich nur erwidern."

„Gut, dann besuchen wir uns als Hausbewohner ab und zu gegenseitig. Wissen Sie, wir könnten uns eigentlich duzen."

„Gern. Was für eine Ehre!"

„Darauf werden wir gleich die Weingläser erheben und das ‚Du' zelebrieren. Wie heißt du denn mit deinem Vornamen?"

„Gottfried"

„Ach ja, du hast dich ja schon vorgestellt. Wie kann ich nur so vergesslich sein? Ich glaube, mein Kurzzeitgedächtnis funktioniert nicht mehr richtig. Der Name passt wunderbar zu dir, denn du strahlst so etwas Friedliches aus – so etwas … Himmlisches."

„Das ist ja schon wieder ein Kompliment! Dankeschön! Und dein Vorname?“

„Maria“

„Ah, wie die Mutter Jesu. Richtig! Deinen Vornamen hatte ich schon an der Tür gelesen. Maria mit dem Zunamen Liebermann. Der Vorname verpflichtet ja regelrecht zu einem vorbildlichen Lebenswandel. Das muss nicht so einfach sein, solch einen würdevollen Vornamen zu tragen. Aber wie ich dich bis jetzt kennengelernt habe, hast du etwas Marienähnliches an dir.“

„Wie du mich bist jetzt kennengelernt hast! Das würdest du nach einer längeren Zeit des Kennenlernens wohl nicht mehr sagen. Dazu müsste ich zunächst eine Kur mit dieser Wundertinktur vornehmen“, erwiderte sie ein wenig verschmitzt und strahlte ihn dabei mit ihren vor Lebensfreude glitzernden Augen an. „Wer zeigt sich nicht zuerst von der sympathischeren Seite“, fügte sie mit einer kleinen, schwungvollen fast jugendlichen femininen Körperbewegung hinzu. Dann ging sie in die Küche. Bald darauf kam sie mit einer kleinen Rotweinflasche und zwei Gläsern zurück. Nachdem sie den köstlichen Wein eingeschenkt hatte, tranken beide – ihre rechten Arme ineinander gehakt – auf das gegenseitige Wohl und besiegelten auf dieses Weise gleichzeitig ihr ‚Du‘.

Maria war wissbegierig. „Ich wollte Sie – nein dich – ah, das Umgewöhnen vom ‚Sie‘ zum ‚Du‘ wird bald vollzogen sein – also, ich wollte dich eigentlich auch fragen, ob du verheiratet bist. Einen Ehering habe ich nicht gesehen. Das war mir schon aufgefallen, als wir uns begrüßten“, fragte sie mit ehrlichem Interesse.

„Nein, bin ein alter Junggeselle und wurde schon als ‚ewiger Junggeselle‘ tituliert.“

„Du, in deinem jugendlichen Alter? Dir steht die weite Welt doch offen. Du lernst bestimmt noch eine junge Dame kennen, die zu dir passt. Das wünsche ich dir jedenfalls von ganzem Herzen! Ein so höflicher und gutherziger junger Mann verdient eine liebenswürdige Frau. Kennen Sie schon jemanden? Mich sollte es wirklich wundern, sollte das nicht der Fall sein. Ach verflixt – kennst du schon jemanden?“, fragte Maria lächelnd und ihre Wangen überflog eine leise Röte.

„Ja, ich glaube, ich habe inzwischen eine sehr feminine, sehr attraktive Dame kennengelernt. Aber noch wäre jedes weitere Wort verfrüht“, tat Gottfried geheimnisvoll.

„Werde ich als Mitbewohnerin des Hauses und wo wir jetzt per ‚Du‘ sind, zur Hochzeit eingeladen – falls sie stattfinden sollte?“

„Ohne Zweifel. Es wird mir ein Vergnügen sein“, schmunzelte Gottfried mit einem warmen Glanz in den Augen.

Maria war eine gewisse Erregung anzumerken. „Vielleicht könnten wir zu diesem Anlass ein Hausfest veranstalten. Ich kümmere mich an diesem Festtag um verschiedene Leckereien und mache alles schön zurecht; dazu bin ich in meinem Alter noch gut in der Lage. Vielleicht helfen mir sogar andere Hausbewohnerinnen und -bewohner bei den Vorbereitungen.“

„Oh, da hätte ich sicherlich nichts dagegen. Du denkst so fürsorglich voraus! Das erinnert mich gleich an die Maria bei der Hochzeit zu Kana. Souvenir aus dem Religionsunterricht! Ein Fest der Hausbewohner – eine Superidee!“

„Mit Vorliebe habe ich seit eh und je die verschiedensten Feierlichkeiten mit vorbereitet und sie manchmal selbst organisiert. Ich glaube, unsere Mitbewohner benötigen mal ein derartiges Fest! Hast du schon mit anderen Bewohnern Kontakt gehabt."

„Nein, du bist die Erste, die ich kennengelernt habe."

„Gottfried, das bringt mich auf einen anderen Gedanken. Sag mal, du wohnst sicherlich schon längere Zeit in diesem Haus."

„Ja, ein paar Jährchen", bestätigte er.

„Ich dagegen erst seit etwas über einem Jahr. Anfangs, da sah ich, wenn auch sehr selten, einen sehr alten Herrn mit seinem Stock aus dem Haus humpeln. Manchmal bekam ich ihn auch im nahe gelegenen Supermarkt zu Gesicht. Ich bin ihm nun schon lange nicht mehr begegnet. Ob er inzwischen gestorben ist? Weißt du mehr über ihn?"

„Ja, ich kenne ihn. Gestorben ist er nicht, denn er sitzt vor dir! Ich bin der Hausierer, der Schwindler, der Leuteverführer, der Guru und was sonst noch über mich gemutmaßt wird!"

Maria wurde ganz blass vor Schreck. „Nein, das kann nicht wahr sein!", schrie sie verblüfft aus. „Du führst mich an der Nase herum! Hätte ich dich nur nicht reingelassen! Dass ich so hereinfallen konnte!"

Gottfried hatte große Mühe, Maria zu beruhigen. Als sie sich wieder etwas beruhigt hatte, erzählte er seine Geschichte, von A bis Z, ganz glaubwürdig – auch von den Erfahrungen, die er mit Leuten gemacht hat. Eine so andächtige Zuhörerin wie Maria hatte er bisher noch nie. Ihr Blick hing förmlich an seinen Lippen. Nachdem er ohne Unterbrechung ihrerseits alles ausführlich erzählt hatte, sagte sie schon etwas erleichtert: „Stimmt diese außergewöhnliche Geschichte wirklich? Es kommt mir so vor, als befände ich mich in einer Traumwelt."

„Maria, du kannst mir wirklich glauben."

„Du bist kein junger Schnösel von ungefähr 30, der Leuten etwas aufschwatzt und ihnen als Verkaufstrick sagt: Schaut mich an, ich war einst ein alter auf einem Stock vor Schmerzen humpelnder Greis, und jetzt strahle ich Jugendfrische aus! Du bist wirklich nicht so jemand?"

„Maria, glaub mir! Ich belüge dich nicht. Ich habe auch alle anderen nicht belogen. Leider haben mir nur sehr wenige bis jetzt vertraut oder geglaubt. Aber das wird sich ändern, sobald die ersten positiven Resultate öffentlich bekannt sein werden. Das dauert nur noch einige Wochen bei denjenigen, die mir dieses paradiesische Wundermittel abgekauft haben. Vorausgesetzt, sie haben es vorschriftsmäßig eingenommen und nicht einfach ungläubig weggeworfen."

„Kann ich deinen Worten wirklich Glauben schenken?"

„Natürlich! Warum zweifelst du?"

„Weil es eine so unglaublich traumhaft schöne Geschichte ist! Sie ist viel zu schön, um wahr zu sein. Das musst du verstehen!"

„Das verstehe ich! Komm, ich führe dich in meine Wohnung. Dort wirst du die vielen Fläschchen, die das Lebenselixier enthalten, betrachten können!"

„Meine Neugierde ist riesig, wenn ich ehrlich bin. Sehr gern möchte ich alles sehen!"

So führte Gottfried seine neue Bekannte tiefer in seine Wohnung. Die Riesenmenge von Fläschchen stand übereinandergestapelt in der dunkelsten Ecke seines Wohnzimmers. Glücklicherweise hatte er just am Vormittag noch gründlich geputzt, aufgeräumt und den Papierkram geordnet, sodass Maria eine ordentliche Wohnung vorfand. Sie fand die Wohnung ziemlich steif, aber zweckmäßig eingerichtet. Sehr deutlich bemerkte sie das Fehlen einer weiblichen Hand. Maria überlegte nicht lange und wollte ihm sofort ein Fläschchen abkaufen, um gleich mit der Verjüngungs- und Charakterveredlungskur zu beginnen. Gottfried betonte, das Elixier müsse dreimal täglich vor den Mahlzeiten eingenommen werden.

„Hör zu, Gottfried. Es ist Zeit fürs Abendessen. Ich habe genügend Vorrat für ein köstliches Mahl. Gern lade ich dich zum Essen ein; da kann ich unverzüglich mit der Kur beginnen." Freudig und dankbar nahm Gottfried die Einladung an.

Als beide wieder in Marias Wohnung angelangt waren, wollte sie ihm sofort das Geld für den Wundertrunk überreichen. Das lehnte Gottfried jedoch vehement ab und meinte, es sei ein imaginärer Blumenstrauß, den er bei einer ihm vor der Zeit bekannten Einladung mitgebracht hätte, also nur ein kleiner Beitrag.

„Ein kleiner Beitrag, na hör mal! Es ist ein riesiger Beitrag, wenn die Jungbrunnentinktur so wirkt, wie du es versprochen hast. Dann hat sie einen unvorstellbar hohen Wert, der mit Gold und Edelsteinen nicht aufzuwiegen wäre! Ich glaube, schon aus diesem Grund sind viele skeptisch, weil du die Fläschchen so billig und für jedermann erschwinglich anbietest."

„Warum muss das, was so wertvoll ist, immer gleich teuer sein?", entgegnete Gottfried. „Es geht doch darum, dass alle – auch die Armen – davon Gebrauch machen können. Für mich reicht es, das zu verdienen, was ich fürs tägliche Leben benötige."

„Das ist wirklich eine großzügige Haltung."

„Zurzeit beziehe ich noch meine Rente, die mir hilft, über die Runden zu kommen; aber wenn die Ersten das Wunder an sich erfahren haben und es sich herumspricht, dass die bittere Flüssigkeit tatsächlich dieses erstaunliche Mirakel hervorbringt, wird die Nachfrage zunehmen, und ich muss aufpassen, immer genügend Fläschchen auf Lager zu haben. Aber – das wollte ich noch hinzufügen, wenn dieser Zeitpunkt gekommen ist, werde ich auf die Rente gern verzichten."

Maria dachte noch weiter und meinte: „Dann werden wohl alle, die so etwas Metaphysisches in sich und an sich erlebt haben, erst zwischen 220 und 230 in Rente gehen können."

„Na ja, so weit sind wir noch nicht. Bis diesbezügliche Gesetze elaboriert werden, wird es noch eine längere Zeit brauchen."

Während Maria das Abendessen vorbereitete und auftischte, konnte sich Gottfried noch ein anderes Fotoalbum anschauen, in dem hauptsächlich Fotos zu sehen waren, die etwas mit ihrem ehemaligen Schulleben zu tun hatten. Zwischendurch kokettierte er mit ihr, flirtete sie mit reizenden Bemerkungen an, von denen sie sich geschmeichelt fühlte. Innerhalb kürzester Zeit stand das appetitanregende Abendbrot auf dem Tisch – geräucherter Lachs mit Rotkohlcreme und Meerrettich. Dazu tafelte Maria frische Landbrotschnitten auf, die mit den verschiedensten leckeren Aufstrichen belegt waren. Gottfried war stark beeindruckt von ihrer beflissenen Art, wie sie das alles kredenzte.

Bevor sie sich zum Speisen an die Tafel setzten, kam der Augenblick der ‚Arzneieinnahme'. Gottfried öffnete das Fläschchen. Sie reichte ihm einen Teelöffel, den er mit dem Fluid füllte und ihn an ihren Mund führte.

Maria verzog das ganze Gesicht, kniff die Augen zusammen und schüttelte sich. „Etwas derart Bitteres habe ich in meinem Leben noch nie eingenommen. Wenn dem jedoch ein süßes langes Leben folgt, ist das natürlich leicht zu ertragen. Gut, dass es vor den Mahlzeiten eingenommen werden muss", bemerkte sie lächelnd.

Beide ließen sich die Abendmahlzeit schmecken. Beim Schmausen erfuhr Gottfried, wie gern Maria koche, bügle, ihre Wohnung tipptopp halte. Auf ihre Frage, welche Sorten Mahlzeiten er zubereite, gestand Gottfried ihr, wie wenig Zeit er für das Kochen und Braten seiner Junggesellenmenüs aufbringe. Er wolle aber seine Rezepte lieber nicht preisgeben, da sie für andere Geschmäcker sowieso nicht nachahmenswert seien. Ansonsten sei er jedoch davon überzeugt, sich gesund zu ernähren. Maria ging gleich durch den Sinn, wie sie für ihn das ihm fehlende ‚Yin' in Zukunft verkörpern könnte. Sie wagte es jedoch nicht, ihm diesen Gedankenblitz mitzuteilen.

Nach dem gemeinsamen Mahl und angenehmer Unterhaltung bot Gottfried seiner Gastgeberin noch an, ihr beim Abräumen des Tisches zu helfen, was sie jedoch ablehnte. So verabschiedeten sie sich mit dem nochmaligen Versprechen, sich des Öfteren gegenseitig zu besuchen.

X

Am folgenden Tag radelte Gottfried in eine ihm völlig unbekannte Gegend der Stadt. Als er gerade mit seiner Kampagne beginnen wollte, erblickte er weit abgelegen am Waldrand ein alleinstehendes Haus, das mehr einem Chalet glich. Von Neugier gepackt pedalte er dorthin. Er fragte sich, wen er wohl antreffen würde. Eine Klingel oder ein Namensschild war nicht vorhanden, so klopfte er an die Tür. Nichts tat sich. Sein Klopfen wurde immer stärker. Endlich öffnete ihm ein Greis mit langem weißen Haar und einem ebenso langen schneeweißen Bart.

Auf Gottfried hinterließ er einen gepflegten und sogar fitten Eindruck. Nachdem er sich als Friedemann Gernefroh vorgestellt hatte, bat er seinen Besucher herein. Hunderte von Büchern und Folianten füllten die Regale. Für Heiler höchst beeindruckend! Der Alte schien erfreut zu sein, Besuch bekommen zu haben. Das konnte Gottfried an seiner Mimik ablesen. Sogleich wurde er gefragt, ob ihm ein selbst hergestelltes, erfrischendes Himbeergetränk zusagen würde, wozu Gottfried mit Vergnügen einwilligte. Eine mit dem besonderen Saft gefüllte Glaskaraffe sowie zwei Gläser waren schnell auf den niedrigen, runden aus Ebenholz fabrizierten Tisch gestellt, an dem vier dazu passende gepolsterte Sessel standen.

Nachdem sich beide ganz gemütlich in den bequemen Fauteuils niedergelassen hatten und den ersten Schluck des wohlschmeckenden Fruchtsafts zu sich genommen hatten, erklärte ihm der Weißhaarige, wie gut es ihm tue, unbekannten Besuch bei sich zu haben. Er fühle sich zwar noch ganz wohl, doch hin und wieder plage ihn die Sehnsucht danach, noch einmal jung und voller Tatkraft zu sein. Die Zeit vertreibe er sich hauptsächlich mit Bücherlesen. Er sei so ein richtiger Bücherwurm geworden, meinte er. Gottfried fragte neugierig: „Haben Sie denn schon diese Hunderte von Büchern gelesen?"

„Natürlich, viele sogar schon mehrere Male!"

„Was für Bücher lesen Sie denn!"

„Allerlei Sorten, zum Beispiel Romane, Erzählungen, Reisebeschreibungen, Bücher über Astrophysik und Raumfahrt sowie psychologische, philosophische, soziologische, theologische Werke und noch so manch anderes; denn ich bin an sehr vielen Themen interessiert, sozusagen an allem, was Gott und die Welt betrifft."

„Dann sind Sie ja ein sehr gebildeter Herr", betonte Gottfried.

„Im Laufe der Zeit habe ich mir eine gewisse Sachkunde auf verschiedenen Gebieten angeeignet. Aber was heißt gebildet? Letztlich muss ich mit Sokrates bekennen: Ich weiß, dass ich nichts weiß! Selbst wenn jemand Tausende von Jahren auf dieser Erde verbrächte und täglich sein Wissen erweiterte, wüsste diese Person nach all dem Lesen, Studieren und Erforschen nur einen winzigen Bruchteil allen Wissenswerten. Meines Erachtens reichten nicht einmal Millionen von Jahren aus, um sich allein in dem, was unser Erdball an Lehrreichem bietet, auszukennen. Deshalb ist es klüger, bescheiden zu sein, jedenfalls was das Wissen betrifft – natürlich auch auf anderen Gebieten. Aber heutzutage versuchen wohl die meisten, sich mit den Ellbogen durchs Leben zu schlagen. Aber das ist ein Thema, worüber tagelang gesprochen und diskutiert werden könnte."

„Ja, uralt müsste man werden!", sagte Gottfried verständnisvoll und dachte, mit dieser Aussage das Gespräch auf sein Wundermittel lenken zu können; denn wer könnte daran mehr interessiert sein als dieser alte Herr?

„Oh, ich bin schon sehr alt. Schätzen Sie mal mein Alter!", bat ihn der Gastgeber.

Da er auf Gottfried noch einen sehr rüstigen Eindruck machte, sagte der: „Zwischen 75 und 80."

„Da haben Sie mich aber sehr jung geschätzt. Ich bin bereits 242 Jahre alt und bewege mich langsam auf das 243. Lebensjahr zu."

Gottfried hatte plötzlich einen ganz trockenen Mund, war sprachlos. Er starrte mit offenem Mund in die Augen seines Gegenübers. Eine solche Antwort hatte er nicht erwartet. Als er sich wieder gefangen hatte, brachte er nur die Wörter „unglaublich, unfassbar" hervor.

„Eine solche Antwort hatten Sie nicht vermutet, nicht wahr?", lächelte der Alte.

„Ganz bestimmt nicht! Wie ist das zugegangen?", wollte Gottfried nun erkunden.

„Ach wissen Sie, das ist eine lange Geschichte", antwortete der Uralte.

„Oh, diese Geschichte interessiert mich brennend!", rief Gottfried aus, und dabei glühten seine Augen voll gespannter Erwartung.

Der Greis zögerte ein bisschen und meinte: „Ach, warum habe ich Ihnen überhaupt mein Alter verraten, in Wirklichkeit glauben Sie es doch nicht und halten mich sicherlich bereits für einen Spinner, für einen Lügner, für einen, der nicht mehr alle Sinne beisammenhat oder für jemanden, der gern Unsinn erzählt und sich darüber amüsiert, wie andere darauf reagieren."

„Für jemanden, der so etwas das erste Mal hört, ist das natürlich einfach sagenhaft – einfach sensationell, vielleicht auch spinnerhaft – das mag so sein. Ich für mein Teil habe im Moment keinen Grund, an Ihrer Aussage zu zweifeln“, antwortete Gottfried.

Der Hochbetagte setzte, durch Heilers Antwort ermutigt, seine Erzählung fort: „Nachdem meine beiden Söhne, die Junggesellen blieben, vor ungefähr 120 Jahren gestorben waren, habe ich mein Verjüngungserlebnis wohlweislich niemandem mehr geschildert, zumal niemand mehr eine derartige Verjüngung erleben kann! Ich war zwar nicht der Einzige, dem so ein außergewöhnliches Mirakel widerfahren ist, aber nach meiner erfolgten körperlich-psychisch-geistigen Erneuerung hat niemand mehr so etwas Umwälzendes erlebt oder erleben können.“

„Das bedeutet, niemand von denen, die mit Ihnen zurzeit Kontakt pflegen, weiß etwas von Ihrem tatsächlichen Alter?“

„Ach, wissen Sie, mit den Kontakten ist das so eine Sache. Nachdem ich mich nach langen Aufenthalten in verschiedenen Ländern wieder hier niedergelassen habe, waren sowieso alle, die ich einst kannte, nicht mehr unter den Lebenden. Deshalb lebe ich ziemlich zurückgezogen hier in meinem Heim. Irgendwie bin ich mit meinen Büchern verheiratet. Einen Fernseher besitze ich nicht. Die Neuigkeiten aus aller Welt beziehe ich übers Radio. Das reicht mir. Ansonsten denke ich viel nach und baue gerne Luftschlösser“, sagte er lachend.

„Dann ist das mit Ihrem Alter wohl auch so ein ersonnenes Luftschloss?“, fragte Gottfried ein wenig provokant mit einem Grinsen.

„Sehen Sie, Sie glauben mir auch nicht!“

„Aber ganz im Gegenteil, ich glaube Ihnen aufs Wort", erwiderte Gottfried.

„Was meine Kontakte betrifft", fuhr der Greis fort, „so fahre ich gelegentlich mit meinem Fahrrad zu Tanzabenden, wo ich mich des argentinischen Tangos erfreue; so manches Mal bin ich sogar erstaunt darüber, dass selbst junge Damen es amüsant finden, mit so einem alten Zausel das Tanzbein zu schwingen. Natürlich verschweige ich allen mein wahres Alter, zudem belasse ich es nur bei losen Kontakten. Zwar besitze ich genügend Dokumente, mit denen mein außergewöhnlich hohes Alter nachgewiesen werden könnte; aber was solls. Schließlich möchte ich um keinen Preis zur Touristenattraktion werden."

„Das ist nachvollziehbar", bemerkte Gottfried einsichtig. Seine Augen gespannt auf den Uralten gerichtet, fuhr er fort: „Wenn Sie mir ihre Geschichte erzählen, verspreche ich Ihnen, vor niemandem etwas über Sie und Ihr Erlebnis auszuplaudern, okay?"

„Okay, nur unter dieser Bedingung! Das müssen Sie mir hoch und heilig versprechen!"

Gottfried gab sein Ehrenwort.

„Vor genau 180 Jahren, ich war gerade 62 geworden, begegnete ich an einem herrlichen Frühsommertag einem schon ziemlich alten aber noch toprüstigen Bergwanderer, der sich auf einer Bank ausruhte und wohl den wundervollen Blick ins Tal auskostete. Ich setzte mich zu ihm und wir kamen in ein langes Gespräch, an das ich mich noch sehr gut erinnere. Ich berichte Ihnen nun das Wichtigste. Als wir nach einer einstündigen Unterhaltung auf das Alter zu sprechen kamen, offenbarte er mir, dass er bereits das 250. Lebensjahr überschritten habe. Natürlich zweifelte ich zunächst an seiner Aussage, wie könnte es anders sein. Er erzählte es jedoch so überzeugend und dazu noch all das, wie er diese über 200 Jahre verbracht hat, dass ich ihm letztlich doch glaubte. Er berichtete von einer Pflanze, die eine Höhe von ungefähr dreißig Zentimetern erreiche, die Blätter sähen wie die eines Eichenblattes aus, seien jedoch nur ein Viertel so groß. Zudem könne man bei einem besonderen Lichteinfall auf den Blättern die Farben des Regenbogens deutlich erkennen. Ein Blatt dieser Pflanze mit der Menge von sieben Esslöffeln Wasser gekocht würde reichen, um daraus eine Flüssigkeit herzustellen, die nach kontrollierter Einnahme selbst alten Leuten wieder ein jugendliches Aussehen verleihe. Darüber hinaus vervollkommne sie den Charakter der Menschen und mache den Körper immun gegen fast alle Krankheiten. Damit die Tinktur, in der sich das Blatt durch das Kochen komplett aufgelöst haben müsse, ihre volle Wirkung entfalten könne, solle dreimal täglich ein Teelöffel davon vor den Mahlzeiten eingenommen werden, bis zu dem Tag, da sie aufgebraucht sei."

„Wie alt war er denn, als er diese Verjüngungskur startete", wollte Heiler gern erfahren.

„Er war damals 86 Jahre alt und bereits mit Altersbeschwerden stark belastet. Nachdem er dieses Heilmittel zu sich genommen hatte, erlebte er alsbald die wohltuende Veränderung seiner Psyche, seines Geistes und auch die seines Körpers. Jedenfalls hatte er, bis ich ihn traf, ein sehr angenehmes und erfülltes Leben hinter sich."

An dieser Stelle legte Gottfrieds Gegenüber eine kurze Pause ein; er wirkte etwas nachdenklich. Gottfried nutzte diesen Moment und fragte, ob der Wanderer ihm verraten habe, wo diese Wunderpflanze zu finden wäre.

„Ja, das Waldgebiet, wo diese Pflanze wuchs, hat er mir kundgetan. Aber er selbst glaubte nicht, dass sie noch existieren würde."

„Hat er Ihnen mitgeteilt, wie er selbst darauf gekommen ist?"

„Ja, der Vorgang ist allerdings ein wenig kompliziert. Er habe, wie er mir berichtete, seinerzeit einen 20-jährigen Handwerksburschen getroffen, der sich auf der Wanderschaft befand. Dieser sei seinerseits einem alten Herrn – einer nach seiner Meinung zwielichtigen Gestalt – begegnet, der vorgegeben habe, von Eltern zu stammen, die aufgrund einer Wunderpflanze uralt geworden seien; die Mutter hätte ein Alter von 244 Jahren erreicht, und der Vater wäre sogar 256 geworden. Als der Vater 200-jährig und die Mutter 180-jährig gewesen seien, wäre er gezeugt worden. Leider sei die Gabe des Uraltwerdens nicht vererbt worden. Seine Eltern und er selbst hätten noch jahrelang die Gegend, in der sein Vater die Wunderpflanze gefunden haben soll, regelrecht durchkämmt, aber letztlich wäre sie unauffindbar geblieben, was er nachträglich sehr bedauere. Der Handwerksbursche habe diese Anekdote dem Bergsteiger, den ich getroffen hatte, eigentlich nur als Wahnwitz weitererzählt."

„Glücklicherweise hat ihr Gesprächspartner diesen angeblichen Wahnwitz geglaubt, was durch das Auffinden der Pflanze belohnt wurde. Hat er auch von dem Handwerksburschen erfahren, wie der uralt gewordene Vater, dessen Sohn er gesprochen hatte, auf den Gedanken kam, nach dieser Pflanze zu suchen?", wollte Gottfried wissen.

„Ja, diese Mirakelpflanze sei ihm in einem beeindruckenden Traum offenbart worden, wo sie zu finden wäre, wie die Tinktur hergestellt werden müsste sowie alles andere. Diese Vision, wie ich es nennen möchte, sei so eindrucksvoll, so deutlich gewesen, dass sie ihn tagelang in Gedanken begleitet hätte, bis er sich schließlich einfach auf die Suche nach dieser mirakulösen Pflanze gemacht habe. Hocherfreut sei er gewesen, als er sie nach gar nicht langer Suche tatsächlich vor Augen sah. Das Erstaunliche dabei ist, dass sie gerade an einer bestimmten Stelle im Walde vom Fuße unseres Berges gewachsen sein soll“.

„Zum Glück haben Sie sich zu ihm gesetzt, denn sonst …“

„Würde ich heute nicht mehr zu den Lebenden zählen“, ergänzte Gottfrieds Gesprächspartner.

„Es ist äußerst spannend, was Sie mir erzählen. Dann haben Sie, als Sie 62 waren, doch noch nach dieser Pflanze gesucht und sie sogar finden können. Wirklich fabelhaft! Doch wie sind Sie darauf gekommen, sich verjüngen zu wollen?“

„Mir kam der Gedanke, wie lustig es wäre, meine Frau, die zehn Jahre jünger war als ich, mit einem verjüngten Gemahl zu überraschen. So begab ich mich auf die Suche nach der Wunderpflanze – in der Hoffnung, in demselben Waldgebiet auf sie zu stoßen, von dem ich während des Gesprächs erfuhr. Damals arbeitete ich als selbstständiger Zimmermann; so konnte ich mir die Zeit gönnen, hin und wieder im Wald umherzuschlendern oder den nahe gelegenen Berg zu besteigen. Meine Frau wunderte sich zwar nicht wenig darüber, als ich mich gleich ein paar Tage hintereinander in den Wald begab; aber ich erklärte ihr, dass die Waldluft momentan sehr erholsam auf mich wirke und ich dann mit frischen Kräften meiner Arbeit nachgehen könne. Dafür zeigte sie Verständnis. Bereits am siebten Tag sichtete ich dieses außergewöhnliche Gewächs mit ungefähr dreißig gleichgroßen Blättern ein wenig versteckt hinter einem kleinen Gebüsch. Beinahe hätte ich es übersehen. Mein ganzer Körper begann auf einmal zu zittern, als ich dieses Wunder der Natur entdeckte. Ich traute meinen Augen nicht. Diese mirakulöse Pflanze entsprach vollends der Beschreibung. ‚Das muss die Wunderpflanze sein!‘, schrie ich aus voller Kehle. Erfreulicherweise hat es niemand gehört."

„Sonst wäre eine andere Person ebenfalls auf diese Pflanze aufmerksam gemacht worden", fügte Gottfried hinzu.

„Nicht nur das!", bemerkte der Hochbetagte. „Eine ganz kleine Schaufel und Papier hatte ich bei mir. Ich grub die Pflanze aus, wickelte sie in Papier und brachte sie heimlich nach Hause. Es war gerade zu einer Tageszeit, als meine Frau eine Freundin zu einem Kaffeekränzchen aufsuchte. So konnte ich in aller Ruhe meine Tinktur zubereiten und sie in ein kleines Fläschlein füllen. Vor der Abendmahlzeit nahm ich unauffällig den ersten Teelöffel davon ein; das war ein gallebitterer Geschmack – ganz schrecklich! Ja und dann? Dann bin ich jeden Tag wie gewöhnlich meiner täglichen Arbeit nachgegangen."

Heiler unterbrach ihn fragend: „Haben Sie die kostbare Pflanze irgendwie erhalten können?"

„Diese habe ich hinter meiner Gartenlaube eingepflanzt, wo sie meine Frau nicht sehen konnte; denn, so sagte ich mir, wenn die Wundertinktur bei mir wirkt, möchte ich diese auch für meine Familie herstellen. Leider ist die Pflanze eingegangen; wahrscheinlich hätte ich sie in Walderde statt in gewöhnliche Gartenerde einpflanzen sollen oder sie nicht der prallen Sonne aussetzen dürfen – vielleicht war beides falsch."

Mit den Worten „Schade, wirklich schade", tat Gottfried sein Bedauern angesichts dieses Missgeschickes kund.

„Jedenfalls ist bei mir, wie Sie sehen, alles wie vorgesehen abgelaufen. Nach den ersten Wochen erkannte meine Frau zunächst eine Veränderung meines Charakters. Sie meinte, ich würde, wenn mir etwas in die Quere komme, nicht mehr aufbrausen, ich sei ihr gegenüber liebevoller, ich trüge sie förmlich auf Armen der Liebe. Für mich war natürlich die psychische Erneuerung eine ganz eigenartige Erfahrung, auf einmal so ausgeglichen zu sein, es auf einmal unter aller Würde zu finden, sich jemandem gegenüber unfreundlich zu verhalten. Ich hatte das Gefühl, die ganze Menschheit umarmen zu können – einschließlich meiner Feinde – falls ich welche gehabt hätte."

Wieder legte er eine kurze Denkpause ein.

„Da hat bei Ihnen tatsächlich eine komplette Charakterveredlung stattgefunden", unterstrich Gottfried.

„Das kann so bezeichnet werden. Wer solche beglückenden Gefühle in sich spürt, empfindet ganz bestimmt etwas Paradiesisches", hob der Belesene hervor.

„Was haben Sie denn Ihrer Frau erzählt, woher das kommen könnte".

„Das Geheimnis von der Pflanze behielt ich noch für mich. Ich sagte ihr einfach, je älter man wird, umso weiser und umso verständnisvoller werde man, was sie anscheinend ebenso deutete. Gewiss wunderte sie sich darüber, mich nicht mehr über die Hüftschmerzen klagen zu hören. Schmunzelnd erklärte ich ihr, es könnte damit zusammenhängen, dass ich mich psychisch wohler fühle. Sie lächelte mich nur an, ohne ein Wort zu sagen. Damit waren vorläufig ihre Fragen beantwortet."

„Wie lange konnten Sie Ihrer Gemahlin das Geheimnis der Wunder wirkenden Pflanze verschweigen?"

„Nicht mehr sehr lange. Außerdem brannte ich selbst allmählich darauf, ihr alles zu offenbaren. Eines Tages begann ich mich im Bett zu recken und zu strecken, wie es im Wachstumsalter oft geschieht, und ich hatte so ein Sentiment, als hätte mein Körper ein paar Millimeter der Länge, die ich beim Älterwerden verloren hatte, wieder zurückerhalten. Ich schaute in den Spiegel und stellte ein Geringerwerden der Stirnfalten fest; irgendwie glättete sich allmählich meine Haut am ganzen Körper. Jetzt wusste ich es hundertprozentig: Das Blatt der Pflanze hatte seine Wirkung nicht verfehlt! Und eines Tages fiel mir meine Gattin um den Hals. „Du wirst ja immer jünger!“, rief sie. „Du wirst ja immer jünger! Wie ist so etwas möglich! Das ist ein völlig umgekehrter Naturvorgang! Du bist ein echtes Naturwunder!“ Ich hatte große Mühe, sie zu beruhigen.

„Das kann ich mir gut vorstellen“, lächelte Gottfried.

„Als sie sich so einigermaßen beruhigt hatte, setzten wir uns ins Wohnzimmer, und ich erzählte ihr vom Bergsteiger, den ich traf und wie sich alles Weitere zugetragen hat. Meine Frau, meine Söhne sowie meine Schwägerin und eine Freundin meiner Frau waren, nachdem sie davon erfahren hatten, schier begeistert von der Möglichkeit, gesund zu werden oder es zu bleiben, charakterlich veredelt zu werden und das Leben durch den Genuss eines Pflanzenextraktes verlängern zu können. Sie alle hätten am liebsten sofort angefangen, eine derartige Tinktur einzunehmen. Im Frühsommer darauf gingen wir alle zusammen fast täglich in den Wald, um diese Wunder wirkende Pflanze zu suchen. Wir durchstöberten den Wald, spähten hinter jedes Gebüsch, neben jeden Strauch – meine Söhne und ich wo nötig auch kriechend; aber keiner von uns wurde der Pflanze ansichtig. Einige Frühsommerwochen der folgenden Jahre haben wir die Suche nach der Pflanze wiederholt, doch stets ohne Erfolg. Dann haben wir aufgegeben. Das war für alle ein trauriger Moment. So muss ich der Einzige gewesen sein, der noch von dieser Pflanze Gebrauch machen konnte. Es muss die letzte Pflanze dieser Art gewesen sein, die ich damals fand und die leider in meinem Garten verkümmerte.“ Trauer überschattete das Gesicht des Alten und er rieb sich mit der Handfläche über die Augen.

„Wie unvorstellbar schön wäre es gewesen, wenn Sie den Traum Ihrer Lieben hätten erfüllen können", sagte Gottfried mitfühlend.

Der Alte hob wieder den Blick. „So hat die Pflanzengeschichte, die für alle, die darin eingeweiht waren, mir zuliebe ein striktes Geheimnis blieb, auch eine riesige Schattenseite für mich. Stellen Sie sich vor, ich sah, wie meine Frau und meine beiden Söhne alterten, während ich jung blieb. Nach Jahren kamen die Tage des irdischen Abschiednehmens – zunächst von meiner Gattin und ungefähr 30 bis 35 Jahre später von beiden Söhnen. Furchtbar traurige Momente!" Als er darüber sprach, tränten dem Alten die Augen.

Gottfried wurde selbst sehr nachdenklich in diesem Moment und bekundete seine Anteilnahme. Nach einer Weile fuhr der Hochbetagte fort: „So sind alle, die ich gern mit diesem Pflanzenauszug hätte glücklich machen wollen, einer nach dem anderen und eine nach der anderen in die Erde gelegt worden. Ich bin allein übrig geblieben – ja, ganz allein", wiederholte er langsam und seine Stimme wurde dabei immer leiser. Doch nach einer Pause schien er die Erinnerungen zu verdrängen und es sprudelte unversehens nur so aus seinem Munde: „Natürlich gab es noch sehr viele Jahre, die ich genossen habe, Tanzkurse habe ich belegt, ich bin viel gereist, habe mich, wie bereits erwähnt, längere Zeit in verschiedenen Ländern aufgehalten und gearbeitet. Auf diese Weise habe ich mehrere Sprachen gelernt, zudem habe ich verschiedene Fächer studiert, und wer einmal anfängt zu studieren, beginnt sich für dieses und jenes zu interessieren; manchmal hatte ich sogar das Gefühl, als könnte ich Tausende von Jahren auf dieser Erde verbringen; aber wenn eine

Generation nach der andern dahinstirbt, dann kommen hin und wieder starke Momente des Bedauerns, als Ausnahme zu gelten. Wissen Sie, wenn es zur Selbstverständlichkeit gehören würde, dass alle Menschen ein Alter bis um die 250 Jahre erreichen könnten, dann wäre das ganz und gar ideal. Dann muss es formidabel sein, sogar die Nachkommen bis zur 8. 9. oder gar 10. Generation kennenzulernen."

„Das ist zurzeit noch unvorstellbar", ließ Gottfried verlauten.

„Zurzeit?", wiederholte fragend sein Gegenüber und ergänzte nach einer kurzen Pause: „Ich bin der Einzige, der noch von der Pflanze Gebrauch machen konnte, ja, der Einzige." Er schien für einen Monet in der Erinnerung gefangen, doch dann meinte er: „Wie ich mich jedoch diese vielen Jahre durch das Leben manövriert habe, bis ich hier meine endgültige Bleibe gefunden habe, das behalte ich lieber für mich, obwohl ich darüber ein dickes Buch schreiben könnte. Nun habe ich viel von mir erzählt; aber Sie haben sicherlich einen Grund gehabt, um zu mir zu kommen."

Gottfried bedankte sich für den ausführlichen Bericht seines Gesprächspartners und zeigte Verständnis dafür, dass er nicht noch mehr von sich preisgeben wolle. Dann kam er auf sein Anliegen zu sprechen.

„Augenblicklich arbeite ich als Hausierer. Als ich Ihr Haus von der Ferne erblickte, fühlte ich einen inneren Drang, zu Ihnen zu radeln. Ich bin heilfroh, es getan zu haben; denn jemanden wie Sie habe ich noch nie angetroffen."

„Das glaube ich gern, wer erreicht schon heutzutage ein so hohes Alter", betonte der Alte. „Aber was wollen Sie mir denn verkaufen?"

Gottfried war sich nicht ganz sicher, wie er darauf reagieren sollte. „Für Sie ist das Mittel nichts, ich weiß, dass Sie es nicht gebrauchen können und deshalb auch nicht kaufen werden – ja, das weiß ich!"

„Dann haben Sie wahrscheinlich so ein Gesundheitsmittel anzubieten. Vor Jahren war auch mal ein von Haus zu Haus gehender Händler bei mir, der hatte verschiedene Sorten von Pülverchen, Tabletten und verschiedenen Flüssigkeiten in kleinen Fläschchen bei sich und meinte, es helfe, das Immunsystem zu stärken, Altersbeschwerden vorzubeugen und sogar das Leben um ein paar Jährchen zu verlängern. Ihm habe ich jedoch nicht meine Geschichte erzählt. Sie sind dagegen eine rühmliche Ausnahme, und ich vertraue Ihnen, dass Sie andern nichts von meinem Alter erzählen. Aber ich glaube, Sie würden es sowieso verschweigen, wenn Sie nicht für einen Narren gehalten werden wollen, der so einem Alten eine so wunderliche Geschichte glaubt."

„Sehr gut erraten, ich biete tatsächlich den Bürgern der Stadt eine Flüssigkeit in Fläschchen an, die zum möglichst langen Erhalt der Jugendlichkeit beiträgt und sogar verjüngt."

„Verjüngt", wiederholte das Urgestein und komplettierte: „Ich bin der letzte Mensch dieser Erde gewesen, der diese außerordentliche Wunderarznei von der nun nicht mehr existierenden Sonderpflanze produzieren konnte."

„Wie alt schätzen Sie mich?", fragte ihn Gottfried.

„Was soll ich sagen, ungefähr 30."

„Ganz schön verschätzt – ich habe inzwischen fast 91 Jahre auf dem Buckel!" Dabei zog ein amüsiertes Lächeln über Gottfrieds Gesicht.

„Aber jetzt halten Sie mich für einen Narren! Das glaubt Ihnen niemand! Ich war der Allerletzte, der so ein außergewöhnliches Wunder erlebte. Nun seien Sie mal ehrlich, ich habe doch Ihr Alter einigermaßen richtig erraten."

„Nein, ich bin fast 91! Warum glauben Sie mir nicht? Schließlich glaube ich Ihnen“, sagte Gottfried in etwas ernsterem Ton.

„Ja, aber wie soll das zugegangen sein? Ich war doch der Allerallerletzte, der auf eine wundersame Weise verjüngt worden ist. Sie sind fast 91 und sehen wie 30 aus. Ist inzwischen ein Mittel entdeckt oder erfunden worden, das so ein Wunder vollbringen kann?“, fragte der ehrwürdige Alte wissensdurstig.

„Nein“, erwiderte Gottfried im ruhigen Ton, „ich habe nur dieselbe Erfahrung wie Sie gemacht.“

„Wie ich? Aber diese Pflanze gibt es doch nicht mehr; nur ich ...“. Dann bekam er plötzlich kein Wort mehr heraus; zweifelnd starrte er Gottfried in die Augen. Er holte erneut tief Luft und sagte: „Sie haben mich wirklich nicht an der Nase herumgeführt? Ich dachte, ich sei ...“, wieder sprach er den Satz nicht zu Ende.

„Nein und nein, sind sie nicht“, konstatierte Gottfried.

Als Gottfried merkte, dass der Uralte völlig perplex war, beruhigte er ihn und meinte, er werde ihm nun erzählen, wie sich alles zugetragen habe.

Gottfried berichtete nun seinem äußerst neugierigen Zuhörer, den er von einem Erstaunen ins andere versetzen konnte. Während er seine Erlebnisse schilderte, erhielt er ab und zu Zwischenrufe wie „abenteuerlich, sehr erstaunlich, zu schön, um wahr zu sein, beeindruckend, sensationell, überwältigend“.

Als Gottfried geendet hatte, bedankte sich der Uralte für den ausführlichen Bericht und meinte: „Dann bin ich doch nicht der Letzte gewesen, der eine derartige Pflanze in der Hand hielt. Wie gern hätte ich meine Lieben und noch viele andere mit dieser frohen Kunde glücklich machen wollen.

Schade! Aber ich bin sehr froh, doch nicht der wirklich Letzte gewesen zu sein, der ein solches Wundermittel eingenommen hat; nun hoffe ich, dass Sie Ihre Fläschchen massenweise verkaufen werden.“

Gottfried bedankte sich fürs Zuhören und die erhaltenen Komplimente. Dann schaute er auf seine Uhr und bedauerte, dieses Gespräch abbrechen zu müssen; denn er sei von einer Gärtnerfamilie zum Mittagessen eingeladen. Der Hochbetagte fand es ebenfalls sehr bedauernswert, sich von seinem Besucher trennen zu müssen, denn es gäbe doch noch so manche Frage, die dieses packende Thema aufwerfe, zu erörtern. Gottfried versprach, gleich am nächsten Morgen wiederzukommen. Beide verabschiedeten sich und freuten sich auf die Fortsetzung des Gesprächs.

XI

Wie vereinbart erschien Gottfried am folgenden Morgen bei dem altersweißen Herrn Gernefroh, um die anregende Unterhaltung fortzusetzen.

„Herr Heiler, eigentlich wollte ich gestern Nachmittag ein angefangenes Buch weiterlesen, aber ich war einfach nicht dazu imstande. Immer wieder musste ich an unser gestriges Gespräch denken. Wir haben uns da wirklich gegenseitig verblüfft! Mich interessiert nun brennend, welche weitreichenden Konsequenzen Ihre spezielle Entdeckung haben könnte. Haben Sie schon eine Vorstellung?"

„Oh, ich denke an vieles. Mein Wunsch wäre, die gesamte Menschheit würde möglichst schnell von diesem mirakulösen Mittel begeistert sein und es vorschriftsmäßig einnehmen wollen, nicht nur wegen des Gesund- und Uraltwerdens, sondern hauptsächlich, um vernünftiger und liebevoller zu werden. Sollte das nicht geschehen, dann sehe ich schwarz, was die Zukunft aller Erdbewohner betrifft – sehr schwarz. Das könnte das baldige Ende des Menschengeschlechts bedeuten." Gottfried blickte finster drein.

„Ich glaube, darauf läuft es hinaus. Das scheint eine Gesetzmäßigkeit in der Menschheitsgeschichte zu sein. Keine Hochkultur hat bis heute dauerhaft überlebt; irgendwann ist Schluss; nichts ist beständig! Alles ist vergänglich!" Friedemann nickte bedächtig mit dem Kopf.

„Nur dieses besondere Lebenselixier könnte die menschliche Fahrt ins Verderben noch aufhalten", betonte Gottfried.

„Das ist auch meine Überzeugung. Aber nur, wenn es von allen oder fast allen Erdenbürgern eingenommen würde, könnte solch eine Weltkatastrophe abgewendet werden, sonst bleibt deren Vermeidung eine Illusion."

„Dem stimme ich ebenfalls zu!", rief Gottfried und unterstrich damit die Bedeutsamkeit dieser Erkenntnis.

Dann griff der Steinalte ein Problem unter vielen anderen heraus, das entstehen könnte, wenn nicht wenigstens ein relevanter Teil der Erdbevölkerung dieses Allheilmittel zu sich nähme. „Stellen wir uns als Beispiel folgendes Szenario vor: Die Regierenden einiger Länder sowie das Gros deren Bevölkerung hätten sich einer solchen Wunder wirkenden Kur unterzogen, in anderen Ländern – aus welchen Gründen auch immer – dagegen nicht. Auf der einen Seite würde, weil die Bewohner nun vernünftig geworden wären, eine eindeutige und glaubwürdige Friedenspolitik betrieben, die zu einer kompletten Abrüstung führt. Auf der anderen Seite indessen nicht. In diesem Fall wären doch die zuerst Genannten eine leichte Beute für diejenigen, die nicht abgerüstet hätten. Diese könnte es beispielsweise danach gelüsten, die Friedfertigen wegen eventueller dortiger Rohstoffvorkommen anzugreifen und sich das eroberte Land untertan zu machen."

„Da entstünde natürlich ein Riesenproblem; wir könnten uns auch fragen, was geschähe, wenn nur ein kleinerer Teil der Bevölkerung innerhalb eines Landes bereit wäre, diese bittere Wundertinktur zu schlucken. Je mehr ich darüber nachdenke, umso begreiflicher wird es mir deshalb, nach Möglichkeit alle Denkenden zu erreichen und sie von den unzweifelhaften Vorzügen dieses universellen Heilprodukts zu überzeugen. Schließlich möchte doch der größte Teil der Menschheit eher ein friedliches und glückliches Leben verbringen, als sich in unsinnigen kriegerischen Kampfhandlungen gegenseitig umzubringen. Letztendlich werden immer mehr Bevölkerungsschichten nach diesem heilversprechenden Mittel schreien und alles daran setzen, es zu erhalten", räsonierte Gottfried.

„Das wäre wünschenswert! Weiter in die Zukunft blickend könnte das zu einer gänzlich neuen Weltordnung führen."

„Dazu müsste es kommen! Das wäre dann endlich mal ein echter Paradigmenwechsel", betonte Gottfried. „Haben Sie eine Vorstellung von solch einer Weltordnung?"

„Darüber könnten wir lange philosophieren. Schauen Sie, als ich von Ihrer Entdeckung noch nichts ahnen konnte, habe ich mir schon oft Gedanken darüber gemacht und bin zu der Schlussfolgerung gelangt, dass eine ‚Charta Terra', eine Weltverfassung erstellt werden müsste, die es allen Ländern unmöglich macht, ultranationalistisch-egoistisch eingestellte Politiker, die auf die ausschließliche Souveränität ihres Landes pochen, an die Macht kommen zu lassen. Denn solange das noch vorkommt, kann zu jeder Zeit das Allerschlimmste über die Erdbevölkerung hereinbrechen. Diese Binsenweisheit hätte der Homo sapiens eigentlich schon vor Jahrhunderten verinnerlichen müssen, dann wäre dem Menschengeschlecht viel Leid erspart geblieben."

„Wenn ich Ihren Gedankengang fortsetzen darf, dann plädieren Sie wahrscheinlich sogar für eine Weltregierung!"

Ohne zu zögern, bejahte das der weißhaarige Weise und behauptete: „Erst wenn alle Völker erkannt haben, zu ein und derselben Weltnation zu gehören und es trotz aller Unterschiede innerlich so wahrnehmen, kann es den Völkerfrieden geben."

„Darauf gilt es konsequent hinzuarbeiten", betonte Gottfried. Die durch das Elixier dann vonstattengegangene Veredlung der menschlichen Triebwelt und die damit verbundene innere Erleuchtung würde das Verlangen nach solch einer neuen Weltordnung und nach einer auf Völkerfrieden ausgerichteten Weltregierung beflügeln.

„Um dieses erstrebenswerte Ziel zu erreichen, benötigten Sie Milliarden von Fläschchen mit diesem Elixier und Tausende – nein sogar Zigtausende oder gar Millionen von Helfern, wenn alle Menschen dieser Erde zeitnah erreicht werden sollen“, gab der Hochbetagte zu bedenken.

„Ja, das ist mir schon bewusst. Sehen Sie, eine Pflanze – das habe ich festgestellt – hat ungefähr 100 winzige Samenkörnchen; approximativ 100 Pflanzen wurden bereits bei mir zu Hause zum Wachsen gebracht. Davon konnte ich rund 3.000 Fläschchen Heiltinktur produzieren. Das vervielfacht sich dann rapide. Ein Jahr später würden aus den 10.000 gewonnenen Körnchen im Idealfall 10.000 Pflanzen gezogen, das entspräche 300.000 Fläschchen Lebenselixier. Wenn das in dieser Relation so weiterginge, könnte die gesamte Weltbevölkerung innerhalb von wenigen Jahren mit dem Elixier versorgt sein“, rechnete Gottfried vor.

„Wenn die Milliarden von Erdenbürgern es denn wollen würden, ein solches Mittel einzunehmen“, warf sein Gegenüber ein.

„Warum sollten sie es denn nicht wollen?“, fragte Gottfried. „Momentan sind zwar die meisten, denen ich es angeboten habe, noch sehr misstrauisch; sobald jedoch die Wirkung zweifelsfrei nachgewiesen ist, wird sich das bestimmt ändern. Dann könnte es sogar schon für unsere Stadt zu einem momentanen Engpass führen. Denn wie gesagt – bis jetzt habe ich nur um die 3.000 Fläschchen mit dem Wunderheilmittel füllen können.“

„Bereits für die Zucht der nächsten 10.000 Mehrzweckheilpflanzen benötigten Sie eine beachtliche Fläche.“

„Gestern Mittag – wie Sie wissen – war ich zu einem Essen bei einem betagten ehemaligen Gärtnerehepaar; übrigens – der Herr des Hauses ist sogar mein ehemaliger Klassenkamerad. Beide Eheleute haben mit der Verjüngungskur begonnen. Dieses Paar besitzt noch mehrere leere Gewächshäuser, die sie der Zucht dieser Paradiespflanze gern zur Verfügung stellen. Sobald sie wieder verjüngt sind, möchten sie überdies in diesem dann zweifelsohne gegründeten Weltwohlfahrtsunternehmen mitarbeiten."

„Es wird eine Riesenmenge Walderde nötig sein."

„Der Gärtner verfügt noch über reichlich Walderde, die er einst für bestimmte Pflanzen benötigte; überdies besitzt er einen alten, aber gut funktionierenden Traktor mit Anhänger, auf dem diese besondere Erde bei Bedarf herbeigeschafft werden könnte. Glücklicherweise schlagen diese Pflanzen keine tiefen Wurzeln, so stellt das kein Problem dar; andererseits werden wir einen Teil der Körnchen auf normale Pflanzenerde aussäen, um zu sehen, ob die Paradiespflanze auch damit gedeiht."

„Da werden Sie zu dritt viel zu tun haben", prognostizierte der besonnene Methusalem.

Mit funkelnden Augen, die sein inneres Glück ausstrahlten, konnte Gottfried ihm bekennen: „Darüber hinaus habe ich eine betagte Dame, eine ehemalige Biologielehrerin, kennengelernt, die dabei ist, diese Kur zu machen. Sie wird gewiss, wenn sie ihre charmante Jugendlichkeit wiedererlangt hat, ebenfalls gern Hand anlegen."

„Oh, das klingt wirklich verheißungsvoll", konstatierte Friedemann und zwinkerte seinem Gegenüber zu. Euphorisch fügte er hinzu: „Auf mich können Sie auf alle Fälle ebenfalls zurückgreifen. Für so ein Heil bringendes Weltmammutprojekt springe ich bei Arbeitskräftemangel gern ein!" Nach einem kurzen Innehalten nahm er jedoch sein Angebot mit den Worten zurück: „Leider geht das nicht; denn wenn man dort einen Bejahrten wie mich herumhantieren sähe, würden sich die Leute fragen, warum diese Wundermedizin bei mir die gewünschte Wirkung verfehlt hätte."

Gottfried stimmte dem Alten zu, und mit einem etwas verschmitzten Lächeln äußerte er: „Das ginge jedenfalls, wenn Sie sich bei der Polizei noch vorher ihr wahres Alter bestätigen ließen. Zudem wäre dies ein starker Beweis dafür, dass so ein hohes Alter erreicht werden kann."

„Obwohl ich mein echtes Alter mit all den Dokumenten, die im Laufe der Zeit zusammengekommen sind, nachweisen könnte, verzichte ich gern darauf. Sie haben in mir schnell großes Vertrauen Ihnen gegenüber geweckt. Nur deshalb habe ich Ihnen mein reales Alter kundgetan. Herr Heiler, Sie sind mir wirklich äußerst sympathisch; ich biete Ihnen das ‚Du' an!"

„Oh, es ist für mich eine ganz besondere Ehre, von einem 242-Jährigen das ‚Du' angeboten zu bekommen. Und natürlich nehme ich an", war Gottfried sichtlich erfreut.

„Wenn du heute Nachmittag nichts vorhast, lade ich dich gern zum Mittagessen ein. Dann könnten wir weiter über dieses Vorhaben und dessen Folgen plaudern, philosophieren und fantasieren."

„Für heute Nachmittag habe ich mir noch nichts vorgenommen. Ich nehme dein Angebot freudig und dankbar an."

Friedemann Gernefroh, der lebensfrohe und jahrhundertealte Greis, spurtete regelrecht in die Küche, um zwei Weingläser und einen köstlichen Wein zu holen. So müsse dieser wichtige Augenblick in seinem Leben zelebriert werden. Beide stießen an und prosteten einander zu.

Vor und während der Mahlzeit plauschten sie über aktuelle innen- und weltpolitische Ereignisse. Nach dem Essen begaben sich beide in die Gartenlaube, die Friedemann sich selbst gezimmert hatte. Jeder nahm in einen Lehnstuhl Platz und alsbald war wieder die wiederentdeckte mirakulöse Heilpflanze Thema der angeregten Unterhaltung.

Friedemann fand es verwunderlich, dass diese Paradiesplanze in der Natur so extrem selten gedieh, obwohl jede Pflanze um die 100 Samenkörnchen hervorbringe.

„Eigentlich wäre doch von dieser Warte aus gesehen zu erwarten, das Pflänzchen in Hülle und Fülle vorzufinden. Hast du darüber schon einmal nachgedacht?"

„Oh, das habe ich sogar seit Längerem getan", ließ Gottfried ihn wissen.

„Hast du eine befriedigende Antwort gefunden?"

„Hier kann ich nur spekulieren. Vielleicht werden die Blüten und die Samen mit Vorliebe von Waldtieren verspeist. Oder es müssen spezielle Wetter- und Lichtbedingungen herrschen, wenn die Samen zur Erde fallen."

„Diese Überlegungen erscheinen mir durchaus plausibel", sagte Friedemann. Dann schoss ihm ein Gedanke durch den Kopf.

„Die Herstellungskosten dieser Supertinktur sind ja erfreulicherweise gering. Innerhalb weniger Jahre könnte man den Bedarf aller Menschen decken. Aber stell dir mal vor, jemand hätte eine lebensverlängernde Pille erfunden, die nur äußerst teuer herzustellen wäre. Die könnten sich nur extrem Reiche und hochgestellte Persönlichkeiten leisten."

Gottfried, das erste Mal mit diesem Gedanken konfrontiert, stellte sogleich nachdenklich einen Vergleich an.

„Ließe das Präparat ebenfalls die negativen Triebe verkümmern, würden sich die bis dahin selbstsüchtigen und habgierigen Konsumenten mit nun veredeltem Charakter ebenso dafür einsetzen, das Produkt erschwinglich für die Allgemeinheit zu machen. Ohne die Charakterveredelung stünden allerdings die übelsten Folgen zu erwarten."

Friedemann bestätigte. „Die Selbstsüchtigen würden möglicherweise ihres Lebens nicht mehr froh. Verlust von Lebensqualität und ihrer Ungebundenheit wären wahrscheinlich. Es gäbe Neider, die ihnen nach dem Leben trachten. Ohne Personenschutz oder totalen Rückzug aus der Öffentlichkeit wären sie ihres Lebens nicht mehr sicher. Es würde mich nicht wundern, wenn dann viele die Einnahme der Pille bereuten. Das würde so manchen wohl depressiv werden lassen bis hin zum Suizid. Selbst mehr soziale Spannungen und sogar Bürgerkriege würde ich nicht ausschließen."

„Das ist der Stoff für einen fulminanten Thriller", pflichtete Gottfried bei. „Ich bin heilfroh, der ganzen Menschheit ein Paradiesfluid zugänglich machen zu können, das zudem gleichzeitig auf mehreren Ebenen völkerheilend wirkt."

Gottfried beschloss, die Zeit sei reif, seinem jovialen Gastgeber seinen wohlüberlegten Plan zu offenbaren.

„Friedemann, ich werde mit dem Hausieren aufhören und mich auf das Projekt gründlich vorbereiten. Ich muss mich um die Treibhäuser kümmern, Walderde beschaffen und sie in die Glashäuser bringen, deren Beschattung ermöglichen, damit die heranwachsenden Pflanzen im ihnen zuträglichen Halbschatten gedeihen. Mit dem Hausieren verliere ich zu viel Zeit. Wenn sich die ersten durch die Kur Verjüngten offenbaren und es genügend Zeugen gibt, läuft der Verkauf wie von selbst, dessen bin ich sicher."

„Das ist ein vortrefflicher und logischer Gedanke. Allerdings werden diejenigen, die das Mittel nicht genau nach

Vorschrift eingenommen und keine positive Entwicklung erfahren haben, negative Kritik verbreiten, was äußerst bedauerlich wäre."

„Daran möchte ich gar nicht erst denken", erwiderte Gottfried.

„Das ist auch besser so!"

„Zwei Herren um die 60 haben sogar ihre Absicht bekundet, mich zu denunzieren. Falls sie ihre Drohung wahr machen, kann ich dieser Tage mit einem Polizeibesuch rechnen. Schöne Aussichten."

„Was kann man dir schon anlasten?", beruhigte Friedemann. „Mutmaßlich wird dir unter Strafe nur das Hausieren mit dem mirakulösen Medikament untersagt werden. Leider könntest du keinen Beweis für das Erstarken deiner Jugendlichkeit erbringen, weil die Leute denken, du fabulierst. Aber halt, du hättest wenigstens den Gärtner, er würde es von dir bezeugen."

Gottfried spitzte nachdenklich die Lippen. „Das stimmt! Nur wer würde ihm zum augenblicklichen Zeitpunkt glauben? Er könnte doch mit mir unter einer Decke stecken, um von den Verkäufen zu profitieren. Dass wir vor 80 Jahren in einer Klasse saßen, würde ihm zunächst auch niemand glauben. Deshalb heißt es, abzuwarten, bis es etliche Zeugen geben wird – ein Zeuge ist zu wenig. Wenn Waldfried und Heiderose in ihrer Jugendlichkeit erscheinen und ebenfalls die einstige Biologielehrerin, dann sind das ausreichend Zeugen mit Reputation, die vielen hier bekannt sind."

„Das wird unser Projekt mächtig anschieben! Sobald viele Menschen bei guter Gesundheit ein biblisches Alter erreichen können, bedeutet das völlig neue Herausforderungen für die Menschheit, besonders für die Regierenden aller Länder." Friedemann rieb sich nachdenklich die Nase.

„Weil sich das Durchschnittsalter der Erdenbürger rapide erhöhen würde?“, fragte Gottfried, die Antwort bereits erahnend.

„Ja, natürlich! Wenn zudem bis weit ins zweite Lebensjahrhundert Kinder zur Welt gebracht werden können, wird das ganz bestimmt zu einer Weltbevölkerungsexplosion führen.“

„Das wird gewiss in der Anfangszeit geschehen! Meines Wissens gibt es nur wenige Länder, in denen das durchschnittliche Lebensalter über vierzig liegt; in zahlreichen Ländern liegt es sogar unter zwanzig Jahren. Wenn Seuchen, Hungersnöte, Kriege usw. immer weniger werden, wird sich das Durchschnittsalter auf über 200 Jahre erhöhen. Dann müssten sich die Verantwortlichen der Länder etwas Kluges einfallen lassen, um alles im Griff zu behalten.“ Nachdenklich rieb sich Gottfried über die Stirn.

„Vielleicht wird dann eine derartige Verjüngungskur in den meisten Ländern verboten“, mutmaßte Friedemann.

„Das könnten verschiedene Regierungen versuchen; aber letztlich werden sie das Streben ihrer Bevölkerungen nach diesem Menschheitsheilmittel auf die Dauer nicht aufhalten können, wenn erst einmal alle Fakten bekannt sind. Da wiederhole ich gern nochmals meine hierzu gefasste Meinung.“

„Gottfried, du hast recht! Ohne Krankheit und anderes Leid könnte ich es Tausende von Jahren auf dieser Erde aushalten und mich amüsieren. Aber leider wirkt die Tinktur ja kein zweites Mal. Zurzeit fühle ich mich bei guten Kräften, ungefähr wie einst als 62-Jähriger vor meiner ersten Einnahme. Das ist doch fabelhaft! Jedoch werde ich mit Sicherheit innerhalb der kommenden zehn Jahre mein Leben, das ich dann so richtig ausgekostet haben werde, aushauchen. Glücklicherweise bin ich davon überzeugt, dass mich anschließend ein himmlisches Dasein erwartet. Insofern dürfte mir dann der Abschied von dieser Erde nicht allzu schwer fallen."

„Oh, dir wünsche ich noch ein sehr langes irdisches Leben! Du wirst bestimmt noch erleben, wie sich alles in der Welt aufgrund dieser wunderbaren Entdeckung zum Positiven verändert und auf welche Weise die Probleme gelöst werden, die dadurch zweifelsohne entstehen."

„Vielen Dank für diesen lieben Wunsch", dankte Friedemann und deutete lächelnd eine Verbeugung an.

„Davon abgesehen könntest du doch auf gut Glück die Verjüngungskur ein zweites Mal versuchen. Vielleicht schlägt sie trotz anderslautender Vorhersagen nochmals an", schlug Gottfried vor.

Die Augen des uralten Greises begannen, bei diesem Gedanken zu leuchten. „Es wäre einen Versuch wert!", rief er aufgekratzt. „Ja, ich versuch's! Vielleicht gewinne ich noch mal 150 Jahre hinzu. Das wäre fabelhaft! Und wenn es nicht funktioniert, wäre die bisherige These bewiesen, dass dieses sagenhafte Elixier kein zweites Mal wirkt. Das wäre enttäuschend, aber letzten Endes bin ich doch äußerst zufrieden, überhaupt so ein biblisches Alter erreicht zu haben", meinte Friedemann mit innerer Gelassenheit.

„Mein Herzenswunsch für dich wäre, es hätte den erwünschten Effekt!" Gottfried hatte sich ohnehin vorgenommen, während des Besuches auf diesen Aspekt zu sprechen zu kommen und Friedemann einen derartigen Versuch zu empfehlen. Deshalb hatte er vorsorglich ein Fläschchen bei sich, das er ihm sogleich frohgemut als Geschenk überreichte.

„So etwas außergewöhnlich Wertvolles kann ich doch nicht so einfach als Geschenk annehmen!", zeigte sich Friedemann überrascht.

„Warum denn nicht? Außerdem fungierst du in diesem Fall als Testperson. Auf das Resultat bin ich wirklich gespannt."

„Dann sei es so! Ich werde gleich heute vor dem Abendbrot anfangen, diese furchtbar bittere Wundermedizin vorschriftsmäßig einzunehmen, wie ich es vor 180 Jahren schon einmal tat! Mal sehen, was sich ergibt!"

„Ich bin so gespannt!", sagte Gottfried mit einem Hoffnung und Freude ausstrahlenden Lächeln.

„Aber zurück zu den möglichen Auswirkungen einer weltweiten Anwendung des Elixiers. Hätte unser Planet dann überhaupt innerhalb der nächsten Jahrzehnte genügend Platz für etliche Milliarden Erdenbürger mehr?", fragte der Uralte.

„Nicht, wenn die Menschheit trotz ihrer Charakterveredlung nicht in der Lage sein wird, einer nationalistischen Vaterlandsschwärmerei, einer bildungsbedingten oder egozentrischen Fortpflanzungseuphorie zu entsagen. Nicht, wenn Politik und die Mächtigen nicht erkennen, dass Aufrüstung gegen die Menschenwürde und Geldverschwendung ist und die nötigen Konsequenzen ziehen. Dann wäre jede Hoffnung verloren. Die heutigen Rüstungsausgaben würden nicht für die Fruchtbarmachung der Wüstengebiete genutzt. Das ‚Niemandsland', die unbewohnten Grenzstreifen zwischen vielen Staaten, würde nicht für die Schaffung von Wohnraum und Anbauflächen verfügbar sein. Dies sind aber zwingend notwendige Teile der Überlebensstrategie. Nur dann könnten heutigen Schätzungen zufolge etliche Milliarden mehr auf unserem Blauen Planeten fürstlich leben." Gottfrieds Stimme verriet seine Unsicherheit.

„So muss man das sehen! Nur das In-sich-Aufnehmen des außergewöhnlichen Wunderabsuds durch alle Völker gewährleistet die Erfüllung eines so formidablen Menschheitstraums“, bekräftigte Friedemann.

Gottfried ergänzte: „In 50 bis 100 Jahren könnten die Wissenschaftler – falls die Erde nicht schon vorher durch irgendwelche Ereignisse vernichtet worden ist – in ihren Forschungen so weit vorangekommen sein, dass ein reger Verkehr zwischen Erde und anderen bewohnbaren Planeten existiert, die bevölkert werden könnten. Na ja, das nur so nebenbei als fantasievolles Hirngespinst.“

„Du wirst es nicht glauben, aber wie du weißt, habe ich mich mit Astrophysik und Weltraumfahrerei beschäftigt. Dein ‚Hirngespinst‘, wie du diesen Gedankengang nennst, ist gar nicht so abwegig, denn es wird tatsächlich mit der Besiedlung anderer Planeten in der Zukunft gerechnet“, stellte Friedemann begeistert fest.

„Da werden wohl noch einige Jahrzehnte vergehen. Darüber hinaus halte ich einen Exodus von Milliarden für undurchführbar. Es wird immer nur ein kleiner Teil der Menschheit auswandern. Der große Rest würde – wenn unser Vorhaben fehlschlägt – mit dem Planeten untergehen! Wir brauchen also ohnehin zwingend und schnell eine vernünftige Lösung für diese Erde, erst recht, wenn eine so hohe Lebenserwartung erreicht wird.“

„Wenn – wie zu erwarten ist – die Männer bis ungefähr zum 200. Lebensjahr zeugungsfähig sind und die Frauen bis um das 180. Lebensjahr Kinder gebären können, müsste der Familiennachwuchs schon rigoros reglementiert werden“, gab Friedemann zu bedenken.

„Das wird wie von selbst geschehen. Dafür brauchen wir nicht einmal Gesetze. Nur solide Statistiken und nachvollziehbare Hochrechnungen sind nötig. Sie werden die nötige Transparenz schaffen. Wenn die geistige Veredlung stattgefunden hat, werden der Vernunfts- und der Verantwortungstrieb fraglos dafür sorgen, dass die Menschheit das Problem löst." Gottfried schien wieder etwas zuversichtlicher zu sein.

„Wieder stimme ich dir zu", meinte Friedemann. „Ich bin ohnehin gespannt, wie sich das gesamte Paradiespflanzenprojekt entwickelt und wie mit den damit verbundenen Vor- und Nachteilen letztlich umgegangen wird. Ein Sprichwort lautet: Kommt Zeit, kommt Rat. Ich bin überzeugt, dass es sich diesbezüglich bewahrheitet."

Mit diesem optimistischen Blick in die Zukunft ermutigte Friedemann seinen gern gesehenen Gast. Sie sprachen noch über andere Probleme, die es zu lösen galt, wie den Klimawandel, das Bienen- und Insektensterben und einige mehr. Erst am späten Nachmittag radelte Gottfried nach Hause.

XII

Den Kopf voller positiver, in die Zukunft gerichteter Ideen begab sich Gottfried auf den Heimweg. Als er sein Fahrrad im Hausflur abstellte, verließen zwei Polizisten den Fahrstuhl.

„Sind Sie Herr Heiler mit Vornamen Gottfried?“, fragte einer der beiden. Sie erkannten ihn sofort an dem in der Anzeige vermerkten grünlich gefärbten Fahrrad und der Personenbeschreibung.

„Ja, das bin ich.“

„Was für ein Zufall! Haben Sie Ihren Ausweis oder Pass bei sich?“

„Natürlich – hier ist mein Ausweis.“

Der Beamte schüttelte den Kopf. „Wir wollen Ihren Ausweis sehen, nicht den ihres Großvaters, haben Sie das verstanden?“

„Das bin ich, nur bin ich inzwischen jünger geworden.“

„Jetzt wollen Sie uns genauso veralbern wie die Leute, denen Sie auf dem Marktplatz so ein Verjüngungsmittel angeboten haben. Das grenzt schon an Frechheit! Sie begleiten uns, wir fahren zum Polizeirevier!“

Gottfried folgte ihnen ohne Widerrede. Als er mit den beiden Ordnungshütern bei deren dicklichem Vorgesetzten ankamen, nahm der hinter seinem breiten Schreibtisch hockende glatzköpfige Herr einen Schluck Kaffee zu sich. Er setzte geräuschvoll die Tasse ab, runzelte die Stirn und musterte den Herbeigebrachten von oben bis unten über den obersten Rand seiner auf der Nasenspitze balancierenden Brille.

„Wir haben den angezeigten Schwindler gefasst!", meldete der Ältere der beiden Gendarmen.

„Selbst uns versuchte er zu täuschen", fügte der Jüngere hinzu.

Ihr Chef zwirbelte kurz an seinem Schnurrbart herum, dann bat er alle drei, sich zu setzen. Mit beiden Händen pflückte er aus einem hohen Papierstapel ein Dokument heraus.

Mit ernster Miene wandte er sich an Gottfried: „Ich bin Hauptkommissar Fänger und hier der Chef. Eine Anzeige ist von den Herren Ungezogen und Rüde bei mir eingegangen; ich lese sie Ihnen mal vor.

Sehr geehrte Damen und Herren,

hiermit erstatten wir Anzeige gegen Herrn Gottfried Heiler, wie er sich namentlich während eines von ihm annoncierten Vortrages auf dem Marktplatz vorstellte. Seine Adresse ist uns unbekannt. Er ist ungefähr einen Meter achtzig groß, hat ein ovales Gesicht, volles dunkelbraunes Haar, schwache Augenbrauen, einen gepflegten kurz geschnittenen Vollbart, zwei kleine Fältchen auf der Stirn, eine sportliche Figur und eine äußerst sympathische Ausstrahlung. Er besitzt ein grünlich gefärbtes Fahrrad.

Wir klagen ihn wegen eines offenbaren Betruges an. Er gibt vor, auf das 91. Lebensjahr zuzugehen, obwohl er wie ein 30-Jähriger aussieht. Seinen Zuhörern erzählte er eine wunderliche Geschichte über sich selbst. Er behauptet, aufgrund der Einnahme des Extraktes einer von ihm entdeckten ‚Paradiespflanze', wie er sie nannte, eine außergewöhnliche psychisch-geistige Erneuerung und eine körperliche Verjüngung erfahren zu haben, was natürlich nicht den Tatsachen entsprechen kann. Hierfür bietet er ein kleines Fläschchen mit diesem ‚Wundersaft' zum Verkauf an. Er meinte, dass er bereits Käufer gefunden hätte, die dabei wären, diese Flüssigkeit einzunehmen. Die sichtbare und volle Wirkung würde sich erst nach einer gewissen Zeit entfalten.

Da es sich offensichtlich um einen charmanten Quacksalber handelt, der den Leuten etwas Unsinniges aufschwatzt, bitten wir Sie darum, ihm das Handwerk zu legen.

Mit freundlichen Grüßen
Herr S. Ungezogen
Herr A. Rüde

Was sagen Sie zu dieser Anklage, Herr Heiler?", fragte der rundliche Kriminaler.

„Im Großen und Ganzen stimmen die Angaben; nur widersetze ich mich der unbegründeten Behauptung, dass das, was ich den Herren von mir erzählt habe, nicht der Wahrheit entspräche."

„Das werden wir bald herausfinden", schnarrte der Kommissar und guckte Gottfried dabei gestreng in die Augen.

Nun übergab der ältere der beiden Polizisten seinem Vorgesetzten Heilers eingezogenen Ausweis. Prüfend schaute Fänger auf das Dokument, dann blickte er Gottfried argwöhnisch an. Das wiederholte sich einige Male so, als traue er seinen Augen nicht. Schließlich stellte er fest: „Nun, das sind Sie nicht! Warum betrügen Sie die Leute und uns? Wo ist Ihr Gewerbeschein mit Foto?"

„Einen Gewerbeschein habe ich nicht!"

„Ohne ihn zu hausieren, macht Sie straffällig, denn Sie arbeiten schwarz. Ist Ihnen das bewusst?“

„Das ist mir bis jetzt nicht bewusst gewesen, zumal ich die Fläschchen annähernd zum Selbstkostenpreis angeboten habe. Das könnte erst bei der Produktion und Verkauf größerer Mengen rentabel werden. Aber was das Foto auf dem Ausweis betrifft, bin ich es tatsächlich“, versicherte Gottfried selbstsicher und fuhr fort: „An mir ist ein wahres Wunder geschehen. Gern möchte ich auch andere ein solches Mirakel erleben lassen – am liebsten sogar alle Menschen dieser Erde, Sie eingeschlossen. Deshalb habe ich angefangen, dieses Völkerheilmittel zu produzieren und zu verkaufen.“

Mit einem misstrauischen Blick und etwas ulkend äußerte der Beamte: „Also wieder so ein ‚Weltverbesserer‘, der den Leuten den Himmel auf Erden verspricht. Davon hat es schon genügend gegeben, ohne dass die Menschheit davon Vorteile gehabt hätte. So manches Mal bekommt man den Eindruck, als würde alles eher schlimmer statt besser werden, wenn ich nur als Beispiel an die Verrohung der Sprache und an die Zunahme der Jugendkriminalität denke.“

„Es geht mir um eine menschheitsübergreifende Heilflüssigkeit, die einen für uns alle existenziellen und riesigen Erfolg verspricht, wenn sie korrekt eingenommen wird“, entgegnete Gottfried.

Fast an Heilers Verstand zweifelnd, erklärte sein beleibtes Gegenüber: „Merken Sie nicht, dass Sie etwas völlig Unwahres als wahr ausgeben, dass sie simulieren oder gar Opfer eines Deliriums sind? Mich wundert, dass es Leute gibt, die Ihnen so etwas abnehmen. Falls Sie in Ihrer Wahrnehmung in einer anderen Welt leben, dann sollten Sie sich recht bald einem psychologischen oder gar psychiatrischen Test unterziehen! Glücklicherweise haben Sie Ihr Unwesen nicht allzu lange getrieben – genauer gesagt – nicht treiben können. Wir konnten das aufgrund der Anzeige rechtzeitig unterbinden. Haben also größeren Schaden von der städtischen Bevölkerung abgewendet." Mit gebieterischer Stimme fügte er hinzu: „Nun seien Sie mal ehrlich! Wo ist Ihr echter Ausweis, und von wem haben Sie diesen hier."

„Dieser ist vor vier Jahren vom Bürgermeisteramt ausgestellt worden, als ich vor der Wunderkur noch alt aussah. Ich schwöre auf die Bibel, ich sage die Wahrheit", beteuerte Gottfried sehr gelassen.

Das machte den Wohlbeleibten nun doch so neugierig, dass er Gottfried dazu aufforderte, diese dubiose Wundergeschichte vorzutragen, die er den Leuten von sich erzählte. Die Sekretärin, eine hagere Dame mit geblümter Bluse und schwarzem Rock in den Vierzigern, verfolgte aufmerksam das gesamte Gespräch und führte Protokoll.

Gottfried erzählte die ganze Geschichte, wie er zu der Paradiespflanze kam und auf welche Weise sich das Superheilmittel, das er aus ihr herstellte, auf ihn ausgewirkt hat. Er berichtete es so glaubwürdig und so fesselnd, dass die drei Herren gebannt zuhörten und ihm dabei in die Augen starrten. Die Protokollführerin würde ihn sicherlich auch ständig angeglotzt haben, wenn sie nicht hätte schreiben müssen.

Nachdem Gottfried geendet hatte, bemerkte der Polizeibeamte: „Sie haben wahrhaft die Gabe, etwas völlig Unglaubwürdiges, komplett Absurdes glaubhaft darzustellen. Kein Wunder, dass so mancher auf Ihr Gegaukel reingefallen ist. Wir werden dem auf den Grund gehen." Dann fuhr er mit spöttischem Unterton fort: „Welchen Beweis haben Sie denn überhaupt, dass sich Ihre ‚Wundertinktur' bei jemandem als wirkungsvoll erwiesen hat? Können Sie uns einige

Personen nennen, die wieder jung geworden sind, damit wir sie diesbezüglich befragen können?“

„Ich habe erst vor 14 Tagen angefangen, dieses ausgezeichnete mirakulöse Heilmittel an den Mann zu bringen. Deshalb kann ich noch keine erkennbar verjüngten und psychisch-geistig erneuerten Personen präsentieren. Das Mittel wirkt, wie Sie nun wissen, erst nach einer gewissen Zeit. Das aber nur dann, wenn es vorschriftsmäßig eingenommen worden ist.“

„Kennen Sie Personen, die es wie vorgeschrieben einnehmen?“

„Von drei Personen weiß ich es ganz genau, es handelt sich dabei um einen Herrn, der so alt ist wie ich, und zwei Damen um die 80.“

„Könnten Sie uns die Namen und Adressen mitteilen, damit wir deren Jungwerden polizeilich verfolgen können?“

„Das kann ich nicht so ohne Weiteres, das wissen Sie. Zuerst muss ich die Betreffenden um Erlaubnis bitten. Aber ich gehe davon aus, dass sie ihre Einwilligung hierzu geben werden.“

„Gut, das wäre prima! Sollte Ihr Mittel tatsächlich diese Wunderkraft entfalten, würde sich in Zukunft vieles ändern, was zurzeit unvorhersehbar ist. Vieles würde in der menschlichen Gesellschaft auf den Kopf gestellt werden.“

Nun sprudelte es aus Gottfried nur so heraus: „Ja, stellen Sie sich vor, je mehr Leute diese Wundermedizin einnehmen, umso menschlicher wird es in der Gesellschaft zugehen. Die Verbrechen nähmen rapide ab, die Damen könnten in der Dunkelheit wieder gefahrlos allein spazieren gehen. Es gäbe keine Kriminalität und keine Kriege mehr. Begreifen Sie, wie ungeheuer wichtig ein solches Mittel für die Bewohner unserer Stadt, unseres Landes und darüber hinaus für die Weltbevölkerung ist?“

„Was geschieht dann mit uns Polizisten, mit den Psychologen, den Ärzten, Krankenschwestern und Krankenpflegern? Wir alle würden arbeitslos werden, wenn sich es so darstellt, wie Sie uns erzählt haben“, gab der Beamte zu bedenken.

„Keine Sorge, es wird für die Polizei und die anderen Berufsgruppen neue Aufgabenbereiche geben. Außerdem könnten sich die Arbeitszeiten verkürzen, und es gäbe mehr Zeit für ein vergnügteres Leben.“

„Na ja, so weit sind wir ja noch nicht; diese Gedanken laden nur zu den tollsten Fantasien ein. Alter junger Herr, vorläufig verbleiben wir wie folgt:

Erstens: Wir behalten Ihren Ausweis ein und händigen Ihnen einen Ersatzausweis mit aktuellem Foto aus.

Zweitens: Es bleibt bei einer Verwarnung. Aber jegliches Hausieren mit Ihrem ‚Wundermittel' wird Ihnen untersagt. Bei Zuwiderhandlung wird eine hohe Geldstrafe verhängt. Wir sehen uns verpflichtet, die Bewohner der Stadt in der morgigen Ausgabe der Tageszeitung darüber zu informieren, dass Ihnen das Hausieren polizeilich verboten worden ist.

Drittens: Wir erwarten, dass Sie alles versuchen, uns innerhalb dreier Tage die Namen sowie die Anschrift der drei von Ihnen erwähnten Personen mitzuteilen, damit Polizeiaugen in regelmäßigen Abständen deren Wiederjungwerden beobachten können.

Wie Sie sicherlich wissen, stehen wir unter Schweigepflicht. Deshalb werden wir diese Angelegenheit nicht an die große Glocke hängen und es nur bei der kurzen morgen erscheinenden Zeitungsnotiz belassen. Solange das Ergebnis der Untersuchungen noch aussteht, bleibt alles unter uns. Sollte sich herausstellen, dass ihr Mittel wirkt … man weiß ja nie, dann erhalten Sie die Erlaubnis, es weiter zu vertreiben. Sind sie damit einverstanden?"

Gottfried stimmte all dem ohne Vorbehalte zu. Er betonte, dass er die Hausbesuche ohnehin aufgebe, weil er sich mehr um Organisation und Pflanzenanbau kümmern müsse. Wohlweislich vermied er, den Gesetzeshütern von Friedemann Gernefroh zu berichten.

Ein Polizist begleitete Gottfried zur Fotoaufnahme in einen Nebenraum. Die Sekretärin kümmerte sich inzwischen um die Erstellung eines Ersatzausweises. Da das darauf vermerkte Geburtsalter eines 90-Jährigen mit dem Foto eines 30-Jährigen nicht zusammenpasste, erhielt der Ausweis den Vermerk „Das Alter entspricht dem Aussehen der Person".

Ernst betonte der Chef: „Wir empfehlen Ihnen eindringlich, niemandem diesen Ausweis zu zeigen und damit für Ihr Produkt zu werben. Nur bei einer Polizeikontrolle dürfen Sie ihn vorzeigen. Dann werden wir informiert, und wir erklären diese Affäre. Haben Sie das verstanden?"

„Jawohl, Herr Hauptmann!", versicherte Gottfried.

„Hauptkommissar, bitte. Gut, wir sehen uns innerhalb der vereinbarten Zeit wieder."

Nach einem freundlichen Abschied fuhren ihn die zwei Beamten wieder nach Hause.

XIII

Gottfried wollte schnellstens Maria sowie das Ehepaar Pflanzer über das Geschehene informieren. Noch am selben Abend besprach er den Vorfall mit Maria bis in alle Einzelheiten. Sie erklärte sofort schriftlich ihr Einverständnis, ihr Jungwerden stetig polizeilich überprüfen zu lassen.

Am folgenden Morgen besuchte er seinen ehemaligen Schulkameraden Pflanzer. Als er ankam, roch es nach Kaffee. Waldfried hatte gerade mit seiner Gattin ein ausgiebiges Frühstück beendet. „Na alter Kumpel, was gibts Neues?“, wollte der Bejahrte erfahren.

„Momentan nichts Gutes, aber ich hoffe, dass sich bald alles zum Besten wendet“, teilte ihm Gottfried mit.

„Was ist geschehen?“, erkundigte sich Waldfried.

„Ach, mir ist die Polizei auf den Hals geschickt worden. Die beiden Herren, von denen ich euch vorgestern berichtete, haben mich tatsächlich angezeigt. Da ich mich auf dem Marktplatz mit meinem echten Namen vorgestellt habe, konnte man meine Adresse sofort ausfindig machen. So wurde ich von zwei Polizisten empfangen, als ich gestern am späten Nachmittag nach Hause kam. Sie fuhren mich zur Polizeizentrale. Eigentlich hätte ich eine Strafe zahlen müssen, weil ich keinen Gewerbeschein vorzeigen konnte. Glücklicherweise ist es bei einer Verwarnung geblieben. Aber ich darf solange nicht mehr mit dem Elixier arbeiten, bis nachweislich alles, was ich verspreche, der Wahrheit entspricht. Ich wurde gefragt, ob ich Personen benennen könne, die den Heiltrunk eingenommen hätten oder gerade einnähmen, damit ihr Wiederjungwerden polizeilich überprüft werden könne. Ich habe gesagt, dass ich wenigstens drei Personen kenne. Maria hat bereits ihr schriftliches Einverständnis gegeben; gern würde ich auch euch angeben, wenn ihr einverstanden seid."

„Nun setze dich erst einmal in Ruhe hin und trinke eine Tasse Kaffee, die wird dir guttun", empfahl Waldfried seinem Freund und lächelte ihn an.

Gottfried setzte sich, und noch bevor er den ersten Schluck des wohlduftenden Kaffees zu sich nahm, bezeugte auch das Ehepaar seine Zustimmung, den Verjüngungsprozess polizeilich überprüfen zu lassen. Waldfried holte Stift und Papier, um sich von Gottfried diktieren zu lassen, was er schreiben solle. Da seine Hände etwas zitterten, bat er seine Gemahlin Heiderose, den Text zu schreiben. Er lautete wie folgt:

> „Wir, die Unterzeichnenden Waldfried und Heiderose Pflanzer, geborene Fröhlich, bestätigen hiermit, das von Herrn Gottfried Heiler angepriesene Paradiespflanzenprodukt vorschriftsmäßig einzunehmen. Wir geben die Erlaubnis, unseren Prozess der geistig-psychischen Erneuerung und des körperlichen Jungwerdens regelmäßig polizeilich überprüfen zu lassen."

Beide setzten sich zulächelnd ihre Unterschrift unter das Schreiben.

Da Gottfried die Tageszeitung auf dem Tisch liegen sah, bat er höflich, einen Blick hineinwerfen zu können, denn es werde heute eine polizeiliche Mitteilung ihn betreffend darin zu finden sein.

„Meinst du? Dann schau mal", sagte Waldfried.

Schon auf der zweiten Seite erblickte Heiler die Bekanntgabe. Laut las er vor.

„Hiermit geben wir bekannt, dass der Hausierer mit dem Namen Gottfried Heiler, der am vergangenen Sonntag sein Wunderverjüngungsmittel auf dem Marktplatz anpries, von der Polizei gestellt wurde. Jegliche Arbeit mit diesem Produkt ist ihm vorerst untersagt worden. Die städtische Polizeibehörde.

Und schaut her, gleich daneben gibt es eine weitere Meldung vom Ärzteverein. Die schreiben:

> Mehrere Ärzte wurden bezüglich der Wirkung eines angeblichen Verjüngungsmittels angesprochen, das von einem gewissen Gottfried Heiler angeboten wurde. Die städtische Ärzteschaft informiert hiermit alle Käufer darüber, dass es sich hier um den reinsten Betrug handelt. Auch eine gesundheitliche Gefährdung kann nicht ausgeschlossen werden. Kaufen Sie dieses Produkt nicht."

„Was machst du nun?", fragte Waldfried.

„Was soll ich schon tun? Geduldig abwarten, bis ihr und Maria die Jugendlichkeit wiedererlangt habt und das polizeilich bestätigt worden ist. Dann wird sich alles zum Besten wenden. Es wäre nur traurig um diejenigen bestellt, die gerade dabei sind, diese Wundertropfen einzunehmen, wenn sie wegen dieser Inserate die Kur abbrechen und das Wunder in und an sich nicht erleben würden, das euch erwartet."

„Oh, wie sehne ich diese Wunderwirkung herbei!", seufzte Waldfried und auch Heiderose nickte erwartungsfroh.

Gottfried bedankte sich vielmals für ihrer beider Unterschriften. Er werde sich sofort zur Polizeistelle begeben und ihr Schreiben wie das von Maria dem Polizeidirektor übergeben. Die beiden Alten wünschten ihm beim Abschied weiterhin die nötige Courage.

Kurze Zeit darauf erschien Gottfried frohen Mutes in der Polizeizentrale.

„Guten Tag, Herr Hauptkommissar!"

„Guten Tag Herr Heiler. Was haben Sie Neues zu vermelden?", erkundigte sich Fänger.

„Die drei von mir erwähnten Personen sind unter der Bedingung bereit, den Prozess ihres Jungwerdens polizeilich überprüfen zu lassen, dass seitens der Polizei davon nichts der Öffentlichkeit preisgegeben wird, bis eine echte Verjüngung stattgefunden hat."

„Da haben Sie aber erstaunlich schnell gute Arbeit geleistet. Das allein könnte bereits als Indiz dafür gewertet werden, dass Sie sich Ihrer Sache sicher sind. Natürlich haben auch wir kein Interesse daran, das vorläufige Geheimnis Ihrer drei Klienten zu verraten. Gut, nennen Sie mir nun die Personen mit deren Anschrift."

Gottfried übergab dem Polizeichef die Dokumente.

„Wissen Sie schon, dass auch der städtische Ärzteverein die Einwohner der Stadt vor dem Kauf des von Ihnen angepriesenen Mittels warnt? Das habe ich der heutigen Tageszeitung entnommen", fragte der Beamte.

„Ja, das habe ich auch gelesen! In einigen Wochen werden alle eines Besseren belehrt sein. Dann wird es sich herausstellen, dass ich nur das Gute für alle wollte und will, die ich zum Kauf dieses einzigartigen Wundermittels anregte."

„Zurzeit haben Sie noch keinen einzigen Beweis der Effektivität Ihres Traumproduktes vorweisen können. Sollte die von Ihnen erhoffte Wirkung nicht eintreten, dann stehen Sie weiterhin unter dem Verdacht, dass auch Sie nicht die Person sind, die Sie vorgegeben haben zu sein. Ist Ihnen das klar?"

Wieder blickte der Oberste der Polizeibehörde, während er die Stirn runzelte, Gottfried über den oberen Rand seiner

Brille an. Es war der zweifelnde Blick, den Gottfried schon von der ersten Begegnung kannte. Er zögerte nur einen Moment, schaute dann seinem Gegenüber siegessicher in die Augen und beteuerte, dass dies eine vollkommen unbegründete Befürchtung sei.

„Nun gut, gehen wir mal davon aus, alles träfe Ihren Vorstellungen gemäß ein, und was Sie vorgeben, wäre nicht nur lauter Schwindel und Quacksalberei. Haben Sie schon daran gedacht, was auf Sie und auf unsere Stadt in diesem Fall zukommen könnte?“

„Natürlich mache ich mir Gedanken darüber“, versicherte Gottfried.

„Bedenken Sie: Sobald die Verjüngung mehrerer Personen eingetreten ist, müssen wir die Medien informieren. Journalisten aus aller Herren Länder werden Sie belagern. Ihr ehemaliges und jetziges Foto werden nebeneinander auf der Titelseite der Zeitungen und Gazetten erscheinen. In unzähligen Menschen wird die Begierde geweckt, dieses Mittel zu erwerben. Es ist kaum auszudenken, welche Konsequenzen das haben wird – in der Gegenwart und in der Zukunft. Wie viele Fläschchen haben Sie denn inzwischen auf Lager?“

„Fast dreitausend.“

„Das ist schon eine beachtliche Zahl, wäre aber dann völlig unzureichend.“

„Das ist mir bewusst, Herr Hauptkommissar. Deshalb gibt es Planungen, wie innerhalb von ein paar Jahren die gesamte Erdbevölkerung versorgt werden könnte. Sobald ich die polizeiliche und behördliche Erlaubnis für den Verkauf erhalte, werde ich im Vorhof der ehemaligen Gärtnerei Pflanzer einen Stand errichten und mit den dann drei Junggewordenen diese Fläschlein den Kaufwilligen verkaufen. Ich freue mich schon darauf.“

„Haben Sie bereits ein Patent auf Ihre Mixtur angemeldet?“

„Noch nicht. Zuerst müssen überprüfbare, erfolgreiche Resultate und die Genehmigungen vorliegen.“

„Gut, dass wir jetzt über Ihr Vorhaben informiert sind; denn ich kann mir gut vorstellen, dass sich die Leute um Ihr Mittel reißen werden, sobald es zu erwerben ist. Wahrscheinlich benötigen Sie sogar polizeilichen Schutz, damit an jenen Verkaufstagen alles ordnungsgemäß verläuft. Wir würden das machen.“

„Vielen Dank dafür! Da erwiese sich die Polizei wieder als Freund und Helfer“, resümierte Gottfried, indem er dem Beamten zuzwinkerte.

„So soll es sein“, stimmte der Beleibte zu. Dann beendete ein Telefonanruf abrupt die Unterhaltung. Mit einem „Bis bald“, verabschiedeten sich die beiden Herren.

Zu Hause angelangt setzte sich Gottfried nachdenklich auf sein Sofa. Auf einmal fragte er sich, ob ihm die bisherige Produktion der Wunderflüssigkeit wirklich so geglückt war, dass sie im und am Menschen das erwünschte Wunderwerk vollbringen würde. Den aufkommenden Zweifel schob er jedoch schnell beiseite, nachdem er in Gedanken den Herstellungsvorgang noch einmal gründlich durchgegangen war. Es hieß somit Warten auf die ersten Anzeichen der geistig-psychisch und körperlichen Erneuerung seiner drei Freunde.

XIV

In regelmäßigen Abständen erhielten Maria und das Ehepaar Pflanzer polizeilichen Besuch ausschließlich der beiden Ordnungshüter, die auch Heiler zum Polizeirevier und wieder zurückgebracht hatten. Denn nur sie waren in diese Affäre eingeweiht. Sie hatten unauffällig bei den Hausbewohnern ermittelt und nachgefragt, ob jemand den alten Herrn näher kennen würde, der auf dem eingezogenen Ausweis zu sehen war. Die meisten verneinten. Einige meinten, den Alten vor etwa einem Jahr hin und wieder im Fahrstuhl getroffen zu haben. Manche nahmen an, er könne gestorben oder ausgezogen sein oder befände sich vielleicht in irgendeinem Altersheim. Da niemand mit ihm Kontakt gepflegt hatte, brachte das die Polizei in ihrem eifrigen Bemühen, das Heiler-Mysterium zu entschlüsseln, nicht weiter.

Etwa drei Wochen später kamen die zwei Polizisten aufgeregt ins Büro ihres Vorgesetzten.

„Chef, wir haben die ersten deutlichen Verjüngungsanzeichen bei den drei Personen festgestellt!“, rief der Ältere und der Jüngere fügte hinzu: „Unglaublich, dass es so etwas gibt!“

Fänger ließ sich in seinem Stuhl zurücksinken. „Dann hat Heiler doch nicht gelogen. Für mich bisher unvorstellbar“, zeigte sich ihr glatzköpfiger Vorgesetzter überrascht.

Die Sekretärin bemerkte: „Wenn das wahr ist, dann bin ich die Erste, die dieses Wunderprodukt kauft!“

„Bei Frau Liebermann ist die Verjüngung noch nicht so deutlich erkennbar wie bei den Pflanzers, denn sie hat die Einnahme erst zwei Wochen später begonnen“, fügte der ältere Ordnungshüter hinzu.

Der Chef räsonierte: „Wir warten ab, bis deren Verjüngung vollendet ist, dann lassen wir Herrn Heiler ins Büro kommen und kaufen ihm die benötigte Anzahl Fläschchen ab. Schließlich haben wir ein gewisses Vorrecht, zumal er es mir zu verdanken hat, dass er straffrei ausgegangen ist, obwohl er keinen Gewerbeschein vorweisen konnte.“

Und so geschah es, dass just, als die Verjüngung der drei Personen unverkennbar war, Hauptkommissar Fänger sie und Gottfried ins Polizeipräsidium einlud. Pünktlich erreichte Maria Liebermann mit ihrem Wagen und ihren drei Insassen das Polizeirevier.

Im Büro des Polizeichefs strahlten alle vier so vor Freude, dass ihr Glücksgefühl sofort auf den Hauptkommissar und seine Leute übersprang. Nach einer froh gelaunten Begrüßung überreichten ihm die Verjüngten ihre Identitätspapiere mit den Fotos, die ihr Aussehen vor einigen Wochen zeigten. Dann berichteten alle der Reihe nach, wie sich das Elixier der Paradiespflanze auf ihren Geist, ihre Psyche und ihren Körper ausgewirkt hatte und wie überaus glücklich sie sich nun fühlten.

„Das sind schier unglaubliche Erfahrungsberichte. Wer hätte je gedacht, dass ein solches Wunderpräparat hergestellt werden könnte – dank sei Herrn Heiler!“, unterstrich der feiste Fänger. Alle klatschten begeistert Applaus.

Gottfried meinte: „Eigentlich habe ich alles meiner Urgroßmutter zu verdanken, ohne deren Erzählung ich nie auf den Gedanken gekommen wäre, mich auf die Suche nach der

Paradiespflanze zu begeben. Möge das so klein begonnene Projekt gedeihen und so schnell wie möglich zum Wohl der ganzen Menschheit wachsen."

Anlässlich der so feierlichen Stimmung bat der Hauptkommissar den jüngeren Beamten, in der Konditorei ums Eck eine Fruchttorte zu holen. Die Sekretärin bereitete in der Zwischenzeit Kaffee zu. Bald saßen alle um den Tisch, der sonst nur Verhören diente, und ließen es sich schmecken. Dabei wurde über Gottfried Heilers Zukunftsprojekte gesprochen.

Nach einem angeregten Plauderstündchen erhielten Frau Liebermann sowie das Ehepaar Pflanzer Ersatzausweise mit aktuellem Foto und dem Vermerk, dass die Aufnahme dem Alter der Person nach einer Verjüngungskur entspreche. Dabei meinte der Polizeichef: „Ich glaube, wir befinden uns an der Schwelle zu einer neuen Menschheitsepoche, die dann hoffentlich sehr viel vernünftiger verlaufen wird."

Man besprach noch Einzelheiten zum geplanten Verkauf des Paradiesfluids bei der Gärtnerei Pflanzer und es wurde ein Termin für die Übergabe der bestellten Fläschchen vereinbart. Dann verließen die vier Freunde frohgemut das Revier.

Nun entwickelte sich plötzlich alles rasend schnell. Gottfried erhielt mit polizeilicher Hilfe umgehend einen Gewerbeausweis. Die beglaubigten Dokumente der Behörde halfen, vom Patentamt in kürzester Zeit das Patent auf sein Geheimrezept zu erhalten.

XV

Unterdessen überlegte Gottfried, wie er Friedemann dazu bewegen könnte, das streng gehütete Geheimnis um sein wirkliches Alter doch vor der Polizei zu lüften. Er wäre der lebende Beweis dafür, dass ein so extraordinäres Greisenalter von 250 Jahren mithilfe der Wunderflüssigkeit tatsächlich erreicht werden kann. Außerdem war Gottfried sich sicher, dass dann auch die letzten Zweifel des berufsbedingt skeptischen Polizeichefs ein für alle Mal ausgeräumt sein würden. Er wäre ein glaubwürdiger Zeuge und ein Verfechter der guten Sache. Ohnehin hatten er und Fänger sich ohne große Gesten aber spürbar freundschaftlich einander angenähert.

In der Erwartung, Friedemann werde seinem gut durchdachten Vorschlag zustimmen, pedalte Gottfried am nächsten Tag zu ihm. Nach herzlicher Begrüßung und einem ausführlichen Bericht, wie sich alles wunschgemäß bei der Polizei zugetragen hatte, enthüllte Gottfried dem Alten enthusiastisch sein Anliegen. Doch Friedemann musste gar nicht mehr überzeugt werden. Mit leuchtenden Augen versicherte er Gottfried, dass er inzwischen selbst zu der Einsicht gelangt sei, mit der Geheimhaltung zu brechen, da sie nun hinfällig sei und er damit einer äußerst wichtigen Sache diene.

„Vielleicht war das so eine Art Gedankenübertragung deinerseits", spekulierte Friedemann und tippte dabei Gottfried verschmitzt lächelnd mit dem Zeigefinger auf die Brust.

„Wer weiß? Durchaus möglich", entgegnete Gottfried in gespieltem Ernst.

Friedemann holte aus einem geheimen Versteck einen Stapel wichtiger Dokumente, mit denen er zweifelsfrei sein wahres Alter nachweisen konnte.

Hocherfreut schlug Gottfried vor, sich sogleich gemeinsam mit den Unterlagen zum Polizeichef zu begeben, um ihn einzuweihen. Er sei sowieso mit dem Beamten an diesem Morgen verabredet, um die bestellten Fläschchen mit dem paradiesischen Elixier zu überreichen.

„Begleite mich doch. Sie werden große Augen machen, sobald sie erkannt haben, welch echtes Urgestein sie vor sich sehen!“, rief Gottfried enthusiastisch aus.

Friedemann war auf die überraschten Gesichter der Beamten gespannt. So stimmte er kurz entschlossen zu. Eilig packte er einen Teil seiner Unterlagen, die für den Polizeichef besonders relevant sein würden, in seine Aktentasche und zog sich dem Anlass und dem Fortbewegungsmittel entsprechend um.

„Perfekt!“, kommentierte Gottfried Friedemanns Vorbereitungen. Draußen begab sich der Greis zu seinem Schuppen, um sein schwarzes Fahrrad zu holen, das er vor einigen Jahren erworben hatte.

Bevor sie losfuhren, sagte Friedmann ernst: „Eines möchte ich betonen: Ohne deine außerordentliche Entdeckung und die damit verbundenen beachtlich opportunen Zukunftsaussichten für die Menschheit hätte ich niemals einen derartigen Schritt erwogen.“

„Das weiß ich wohl“, nickte Gottfried, als sie aufstiegen und in die Pedale traten.

In gespannter Erwartung auf den Gesprächsverlauf erreichten beide pünktlichst das Gottfried schon vertraute Polizeigebäude. Als sie das Büro betraten, warteten die vier Staatsdiener bereits gespannt auf das bestellte Elixier. Die imponierende Erscheinung Friedemanns, der mit seinen langen schneeweißen Haaren und dem wallenden Bart wie Gottvater auf den Gemälden der alten Meister wirken musste, ließ alle in ehrfürchtigem Staunen erschauern.

Nach der Begrüßung ergriff Gottfried sogleich das Wort. „Geehrter Herr Hauptkommissar, geehrte Dame und Ordnungshüter, ich habe die Ehre, Ihnen meinen Begleiter Herrn Friedemann Gernefroh vorzustellen. Denn mit ihm ist eine ungewöhnlich spannende Geschichte verbunden. Ich empfinde es als schicksalhaft, ihm als der allerletzten Person bei meinem letzten Hausbesuch begegnet zu sein."

Erwartungsvolle Blicke und aufmerksame Stille folgten. Der Polizeichef schaute Friedemann fest in die Augen und sagte: „Ich freue mich, Ihre Bekanntschaft zu machen, und bin gespannt auf das, was sie zu erzählen haben." Dann wandte er sich an Gottfried und meinte verschmitzt: „Herr Heiler, bei Herrn Gernefroh hat ihr Verjüngungsmittel offenkundig nicht angeschlagen."

„Vielleicht hat er es noch gar nicht oder erst vor Kurzem genommen", mischte sich die Sekretärin etwas vorwitzig ein.

„Doch, doch, ich habe es vorschriftsmäßig eingenommen, aber diese mirakulöse Kur wirkt nach derzeitigem Wissensstand leider kein zweites Mal", erklärte Friedemann vor seinem kleinen Publikum, wohl wissend, mit dieser Aussage Verwirrung zu stiften.

„Kein zweites Mal? Wie darf ich das verstehen?", fragte der feiste Fänger über den oberen Rand der Brille lugend.

„Ihre Verwirrung ist verständlich", ließ Gottfried schmunzelnd verlauten. „Aber Herr Gernefroh ist eine rühmliche Ausnahme."

„Inwiefern eine Ausnahme?", fragte Fänger.

„Versuchen Sie, sein Alter zu erraten!“

Unter seinen weißen Wimpern funkelten Friedemanns Augen förmlich vor unterdrücktem Amüsement.

Der Hauptkommissar begann zu raten. „82“, schätzte er. „90“, konstatierte die Sekretärin.

Der ältere Polizist mutmaßte, dass der Greis aufgrund des bisher Gesagten höchstwahrscheinlich viel älter sei, jedoch für sein hohes Alter viel jünger aussähe. So belief sich seine Schätzung, die er mit dieser wirren Vermutung begründete, auf 97 Jahre. Der Jüngere schloss sich dieser Meinung an.

„Fünfzehn Jahre älter als ich vermute? Das glaube ich nicht. Wir brauchen ja nur beim Einwohnermeldeamt nachzufragen, dann wissen wir es gleich und die Spekulationen hätten ein Ende“, äußerte Kahlkopf Fänger.

„Oh, das ist nicht erforderlich, denn mein Geburtsdatum befindet sich auch in meinem Dokument zertifiziert, das ich immer mit mir führe. Schließlich bin ich ein gewissenhafter Staatsbürger“, hob Friedemann hervor.

„Nun, ich kann Ihnen versichern, dass niemand das echte Alter erraten hat“, verkündete Gottfried mit offensichtlicher Genugtuung.

„Ja, Sie haben alle mein Alter unterschätzt, ich bin 242 Jahre alt und stehe vor meinem 243. Geburtstag“, sagte Friedemann langsam und bedächtig.

Fänger und seine Kollegen schienen aus allen Wolken zu fallen. Mit halb geöffneten Mündern saßen sie wie erstarrt auf ihren Stühlen. Niemand sagte ein Wort. Langes Schweigen.

„Das ist unmöglich!“, stieß Fänger hervor, nachdem er sich etwas gefasst hatte. „Ich hatte gerade das Gefühl, in einem Irrenhaus zu sein! Herr Heiler, da hat Sie Herr Gernefroh an der Nase herumgeführt!“

„Zugegeben, anfangs war auch ich völlig perplex, als er mir sein Alter offenbarte, aber dann habe ich ihm doch geglaubt“, erwiderte Gottfried.

„Verzeihen Sie, aber ich kann das kaum glauben! Bitte zeigen Sie mir Ihren Reisepass“, befahl Fänger Friedemann mit gestrenger dienstlicher Mine, obwohl ihm die ganze Angelegenheit andererseits ziemlich ulkig vorkam.

„Oh, meinen Pass zeige ich Ihnen gern“, ließ Friedemann ihn ohne Zögern wissen. „Hier ist mein letzter Reisepass!“ Mit diesen Worten übergab Friedemann dem etwa 200 Jahre jüngeren Polizeihauptkommissar das gewünschte Dokument.

„Na sehen Sie, Herr Gernefroh, das im Pass erwähnte Alter scheint zu stimmen. Demnach sind Sie 78 Jahre alt, so wie ich es ungefähr geschätzt habe. Warum erzählen Sie also solchen Unsinn? Das macht doch niemand in Ihrem Alter, wenn er noch recht bei Sinnen ist.“

Obwohl bei den Ordnungshütern die Verblüffung wich, schienen sie sich nun etwas verwirrt zu fragen, warum Gottfried den alten Herrn überhaupt mitgebracht hatte. Denn schließlich passe doch solch ein törichtes Intermezzo gar nicht in den seriösen Verlauf des bisher Geschehenen.

„Herr Kommissar, der Tag und der Monat meiner Geburt stimmen, nur die Jahreszahl habe ich während längerer Aufenthalte in verschiedenen Ländern von Zeit zu Zeit bei der Erstellung eines neuen Reisedokuments meinem biologischen Alter anpassen lassen“, unterstrich Friedemann mit Nachdruck.

„Was soll das nun wieder bedeuten? Das ist doch reinster Unfug, was Sie hier zum Besten geben“, ereiferte sich Fänger. An Gottfried gewandt fragte er: „Herr Heiler, ich verstehe wirklich nicht, was das bedeuten soll; eigentlich war doch abgemacht, dass Sie uns heute dieses Wundermedikament überreichen und wir noch etwas über dessen Verkauf bei Pflanzers sprechen wollten."

„Stimmt, nur dachte ich, es sei eine gute Idee, Sie mit Herrn Gernefroh bekannt zu machen, der ein überzeugender Beweis dafür ist, dass tatsächlich ein so hohes Alter erreicht werden kann, wie ich es Ihnen versprochen habe."

„Herr Heiler, damit haben Sie gerade das Gegenteil erreicht. Sehr schade."

„Kommissar Fänger, ich verstehe Ihre Reaktion, aber Sie wissen noch nicht alles von ihm und über ihn."

„Was gibt es da noch groß zu wissen? Herr Gernefroh ist 78, und damit ist die Angelegenheit für mich erledigt." Der Polizeichef schien tatsächlich enttäuscht zu sein.

„Herr Kommissar, ich bin wirklich 242 Jahre alt. Glücklicherweise habe ich alle meine inzwischen ungültigen Reisepässe aus den verschiedenen Ländern und Erdteilen, in denen ich für eine Zeit lang sesshaft war, als Andenken aufbewahrt. Mancherorts wurden zusätzlich noch Ausweise oder Aufenthaltsgenehmigungen ausgestellt, die ich benötigte, um einer bezahlten Arbeit nachgehen zu dürfen. Wenn ich alle Dokumente aus den über 200 Jahren mitgebracht hätte, würde meine Aktentasche nicht ausreichen. Deshalb habe ich eine Auswahl getroffen und die Papiere mitgebracht, die Ihnen die Beurteilung und Bestätigung meines realen Alters ermöglichen werden."

Fänger stutzte und schien sich zu fragen, ob er entgegen seiner Überzeugung doch dem Uralten eine Chance auf Rehabilitierung geben solle.

„Ihre Papiere interessieren mich brennend", schnarrte er im typischen Beamtenton. Alle verfolgten aufmerksam das Öffnen der Tasche. Friedemann legte die verschiedenen Dokumente vor. Selbst eine vom damaligen hiesigen Standesamt ausgestellte und ziemlich vergilbte Geburts- und eine Heiratsurkunde hatte er bei sich.

Der Hauptkommissar sah sich die Urkunden genauestens an. „Erstaunlich!“, murmelte er ein ums andere Mal. „Erstaunlich! Wirklich erstaunlich! Kaum zu glauben! Dass ich so etwas sehe und erlebe, hätte ich mir in meinen kühnsten Träumen nicht vorstellen können“, meinte Fänger verblüfft.

Die eben noch argwöhnischen Blicke der Sekretärin und der beiden Polizisten zeigten nun Erleichterung, Bewunderung und Hochachtung.

„Das ist wirklich unglaublich“, bekundete die Sekretärin.

Fänger blätterte noch eine Weile von Neugier getrieben durch die Reisepässe, betrachtete insbesondere die Fotos und die verschiedenen Geburts- und Ausstellungsdaten. Auch die beiden Polizisten und selbst die Sekretärin durften den einen oder anderen Blick in die Papiere werfen.

Nach einer Weile meinte Fänger: „Herr Gernefroh, ich bin nunmehr zutiefst davon überzeugt, dass Sie zurzeit die älteste Person unserer Stadt, unseres Landes – wahrscheinlich sogar der gesamten Welt sind. Ich entschuldige mich aufrichtig für mein Misstrauen. Ich kann es noch gar nicht fassen, Sie vor mir zu sehen. Sie verdienen die Ehrenbürgerschaft der Stadt und des gesamten Landes. Ich werde mich dafür einsetzen, dass dies geschieht. Dank sei Herrn Heiler, der Sie uns heute vorgestellt hat. Und nun interessiert uns alle glühend, was es mit Ihrer einstigen Verjüngung auf sich hat und wie sich die Verwandlung zutrug, eine Verwandlung, die wir vor uns haben.“

Friedemann bedankte sich für das ihm nun entgegengebrachte Vertrauen und die anerkennenden Worte. Alle nahmen wieder Platz, während die Sekretärin allen eine Tasse

Kaffee einschenkte. Dann erzählte Friedemann der höchst gespannten Zuhörerschaft seine Lebensgeschichte. Gottfried genoss es, sich die ihm bereits bekannte Chronik des friedemann'schen Lebens nochmals, vom Schneeweißen selbst erzählt, anzuhören und die Reaktionen der Zuhörer zu beobachten. Doch selbst er erfuhr sogar etwas ihm bisher Unbekanntes, nämlich dass Friedemann das Glück hatte, sich nie in Kriegsgebieten aufzuhalten. Wann immer das Land, in dem er gerade lebte, in einen Krieg verwickelt zu werden drohte, reiste er weiter in friedliche Gefilde. Friedemann erwähnte auch, dass er sich sogar hin und wieder als Tourist in diesem seinem Heimatland aufgehalten habe.

Da der Alte so fesselnd erzählte, war niemandem aufgefallen, dass die für die Beschäftigten sonst so wichtige Mittagspause bereits verstrichen war. Doch niemand bedauerte diesen Umstand.

Alle bedankten sich bei Friedemann für den faszinierenden Bericht. Da noch Verschiedenes zu besprechen war, was ein bis zwei Stunden in Anspruch nehmen würde, lud der Chef alle Anwesenden zu einer Pizza vom Italiener in der Nachbarschaft ein, was dankbar angenommen wurde.

Während man auf das Bestellte wartete, wandte sich der Polizeichef an Friedemann: „Das bedeutet, Ihr Name mit Geburtsort, Geburtsdatum etc. müsste im städtischen Einwohnerregister verzeichnet sein, das vor ungefähr 250 Jahren geführt wurde, und ein zweites Mal zu dem Zeitpunkt, als Sie vor etwa 15 Jahren wie dokumentiert wieder in unsere Stadt zuzogen. Wenn ich es genau nehme, enthalten Ihrer Papiere tatsächlich zumeist eine falsche Geburtsjahreszahl. Das ist grundsätzlich zwar bedenklich, aber im Kontext verständlich."

„Nun, Herr Kommissar, was hätte ich tun sollen? Stellen Sie sich vor, wenn ich vor 100 Jahren als 142-Jähriger meine echte Geburtsurkunde vorgelegt hätte, aber wie einer aussah, der auf die 55 zuging – wer hätte mir das geglaubt? Wie oft wäre ich im Laufe meines Lebens als Spinner verpönt worden. Vielleicht wäre ich sogar als nicht zurechnungsfähig in einer Anstalt gelandet. Deshalb musste ich mein wahres Alter unbedingt verschleiern. Nachdem Herr Heiler die seltsame Pflanze wider Erwarten nach so vielen Jahren erneut beschaffen konnte und aus deren Blättern die mirakulöse Flüssigkeit hergestellt hat und inzwischen bereits einige Alte verjüngt worden sind, ist das eine andere Sache. In diesem Fall wäre ich für das beginnende Wohlfahrtswerk der lebende Beweis dafür, dass ein so hohes Alter erreicht werden kann, wie es Herr Heiler proklamiert."

„Herr Gernefroh, für Ihre Schwindeleien bezüglich des wahren Alters habe ich volles Verständnis. Ich bin davon überzeugt, an Ihrer Stelle ebenso gehandelt zu haben. Das könnte zudem in die Kategorie ‚Notlügen' eingeordnet werden, und diese haben sogar schon des Öfteren Menschenleben gerettet. Ansonsten sind Sie gewiss als ehrlicher Bürger durchs bisherige Leben gegangen."

„Natürlich, Herr Hauptkommissar!"

„Ihr jetziger Reisepass mit der falschen Geburtsjahresangabe ist noch gültig. Ich glaube kaum, dass ein neuer, der komplett der Wahrheit entspricht, ausgestellt werden muss. Trotzdem werde ich mich noch bei einer höheren Stelle erkundigen, falls es zweckdienlich ist."

Unterdessen waren die Pizzas eingetroffen. Beim Essen begeisterte Friedemann seine Zuhörer mit einigen fesselnden und für ihn unvergesslichen Erlebnissen, die er während seiner Aufenthalte in den verschiedenen Erdteilen hatte.

Nach dem Essen übergab Gottfried den vier Staatsdienern feierlich das heilsame Elixier. Als man die Geldbeutel zückte, um Gottfried die ausgemachte Summe Geld zu überreichen, wehrte der ab. „Das schenke ich Ihnen als Zeichen der Anerkennung für Ihre faire Offenheit und geschätzten Dienste, die Sie mir erwiesen haben und noch erweisen wollen.“

Fänger bestand jedoch auf der Bezahlung, sonst könne der Vorgang eines Tages als Einflussnahme oder sogar Bestechung gewertet werden. So blieb Gottfried nichts anderes übrig, als das Geld ordnungsgemäß entgegenzunehmen und zu quittieren. Alle fügten dem vereinbarten Preis etwas hinzu, denn schließlich sei diese Supertinktur nicht mit Gold aufzuwiegen.

Abschließend wurde kurz das Datum und die Installation des Verkaufsstandes vor der ehemaligen Gärtnerei sowie das benötigte Polizeiaufgebot besprochen. Auch der Einsatz Friedemanns wurde geplant. Danach verabschiedeten sich die Freunde herzlich und verließen zufrieden die Polizeiwache.

Verblüffend schnell hatte sich in der Stadt herumgesprochen, dass der Hausierer Heiler wohl doch ein ehrlicher Mitbürger sei und dass er an den kommenden beiden Feiertagen einen Verkaufsstand im Vorhof der ehemaligen Gärtnerei Pflanzer errichten werde, um dort seine Heil bringende Arznei zu verkaufen.

Alle, die davon erfahren hatten, warteten ungeduldig auf diesen verheißungsvollen Tag. Als es so weit war, fanden sich am ersten der beiden Tage bereits zwei Stunden vor Eröffnung des Standes die ersten Kaufwilligen vor Ort ein. Bald strömten sie aus allen Richtungen zum Vorhof der ehemaligen Gärtnerei. Die Polizisten sorgten dafür, dass es kein Gedränge am Stand gab und alles friedlich ablief. Das Ehepaar Pflanzer und Maria Liebermann halfen beim Verkauf und hatten alle Hände voll zu tun. Für Friedemann war eine Lautsprecheranlage installiert worden, um Käufern, die bald scharenweise bass erstaunt um ihn herumstanden, seine eigene Geschichte zu berichten. Presse- und Fernsehreporter waren zugegen, um das Geschehen zu dokumentieren. Bereits gegen Mittag des zweiten Tages war das Paradiespflanzenelixier ausverkauft. Alle, die nicht mehr bedient werden konnten, mussten auf das nächste Jahr vertröstet werden.

Als der Trubel vorbei war, setzten sich Maria und Gottfried mit den Pflanzers in deren Küche zu einem Kaffee zusammen. Alle waren erschöpft und zufrieden. Gottfried konnte berichten, dass sogar jene an den Stand kamen, die ihn an der Tür brüsk abgewiesen hatten oder von denen er auf dem Marktplatz seinerzeit nur Spott und Hohn geerntet hatte. Sie alle entschuldigten sich vielmals. Selbst Frau Frechdachs, die ihn schroff auf ihr Gesäß verwiesen hatte, erschien, machte einen höflichen Knicks und bat um Verzeihung für ihr ruppiges Benehmen. Leider war sie erst an der Reihe, als bereits das letzte Fläschchen verkauft war. So erging es auch den beiden Herren, die ihn angezeigt hatten. Das bedauerten alle drei zutiefst. Gottfried zeigte erneut Verständnis für ihr einstiges Verhalten und vertröstete sie aufs nächste Jahr.

Bald wurde weltweit über Gottfried Heiler und sein außergewöhnliches Paradiespflanzenprodukt in Fernsehsendungen, Zeitungen und im Web berichtet. Journalisten aus aller Herren Ländern reisten an, um Friedemann, Gottfried, Maria, die Pflanzers und andere Wiederjunggewordene zu interviewen. Gottfried wurde gebeten, auf Ärzte- und Psychologenkongressen zu sprechen, um über seine Erfahrungen und Zukunftsprojekte zu berichten. In kleineren und größeren Gesprächsrunden wurde über die Auswirkungen des Elixiers auf betroffene Berufsstände diskutiert. Es wurde nach Antworten auf die Frage gesucht, welche Aufgaben etwa auf die Mediziner in Zukunft zukämen, und welchen Anteil sie an der Menschheitsheilung haben könnten, nachdem auch sie durch das Elixier eine geistig-psychische sowie körperliche Verwandlung erfahren haben würden.

Obwohl nicht schwer zu erraten ist, wie sich das Werk mit dem Paradiespflanzenprodukt weiterentwickelt hat, welchen Effekt es auf den Einzelnen, auf die Bürger eines Landes sowie auf die Weltbevölkerung hatte und welchen Einfluss es auf ökonomische und politische Belange genommen hat, so soll doch wenigsten einiges davon im nächsten und letzten Kapitel kurz angesprochen werden.

An dieser Stelle sei angemerkt, dass alles bis hierhin Berichtete und das, was jetzt noch folgt, überwiegend den Aufzeichnungen Gottfried Heilers entnommen wurde, die er der Menschheit hinterlassen hat.

XVI

Gottfried und Maria Heiler, geborene Liebermann, bekamen zwei Söhne und eine Tochter. Das beendete die Spekulationen, ob durch die Einnahme des Lebenselixiers nur Buben geboren würden. Zudem bestätigte sich, was Friedemann einst zu Ohren kam. Die Wirkung des Elixiers wird nicht auf die Nachkommen übertragen. Eine Erkältung von Gottfrieds Erstgeborenen lieferte Gewissheit. Das veranlasste die Eltern, ihre drei Nachkömmlinge noch im Säuglingsalter mit dem Paradiespflanzensaft gegen Krankheitserreger und so manches andere zu immunisieren.

In den Gewächshäusern der Gärtnerei zog Gottfrieds Team aus den vorhandenen 10.000 Samenkörnchen ein Jahr später neue Paradiespflanzen, von denen rund 300.000 Blätter geerntet werden konnten. Genauso viele Fläschchen wurden verkauft. Wiederum ein Jahr später profitierten von den gewonnenen 100.000 Samenkörnchen bereits drei Millionen Erdenbürger.

Von dem erzielten Gewinn wurden jedes Jahr für die zur Verfügung stehenden Samenkörnchen überall im Land neue Gewächshäuser erworben oder errichtet. Gottfried fand in vielen Menschen, die das Elixier eingenommen und die Verwandlung erfahren hatten, sorgsame Mitarbeiter. Viele kamen und kommen aus den Gesundheitsberufen.

Im vierten Jahr nach der erfolgreichen Zucht der Heilpflanze übergab Gottfried die Leitung dieses in kurzer Zeit entstandenen grandiosen Wohlfahrtwerkes vertrauenswürdigen und für solche speziellen Aufgaben geschulten Personen.

Er selbst zog sich zurück, um zu forschen und sich weiterzubilden. Wenige Jahre später promovierte er mit einer These über die Paradiespflanze. Dabei fand er heraus, dass sie auch auf einer abgestimmten Mischung aus Sand und Humus, der aus Eichenlaub gewonnen werden musste, ausgezeichnet keimt und heranreift.

Später arbeiteten er und Maria in einem Forschungslabor. Sie versuchten mit anderen Wissenschaftlern, aus der Pflanze eine Art Impfstoff herzustellen. Er sollte ermöglichen, die Immunität gegen Krankheiten, die Charakterveredelung und die hohe Lebenserwartung zu vererben. Bisher sind alle diesbezüglichen Versuche leider missglückt.

Mit den ersten dreitausend Verjüngten war die Basis für die Vernunftspoche gelegt. Viele davon waren Alte. Sie alle erhielten von der Stadtverwaltung aufgrund des veränderten Aussehens neue Ausweise und Reisedokumente. In allen Dokumenten stand der Vermerk „Nach Einnahme des Heiler-Elixiers". Vom Ehepaar Pflanzer, Maria und Gottfried wurden die Ersatzausweise eingezogen und ihnen im Austausch echte Papiere ausgestellt, mit denen sie in andere Länder reisen konnten. Das Ehepaar Pflanzer gehörte zu den Ersten, die diese Papiere benötigten, denn es trieb sie recht bald in ein anderes Land, um dort diese Wunderpflanze zu kultivieren und unter die Leute zu bringen.

Natürlich zeigten auch die ärmeren Länder der Erde großes Interesse am Heilerelixier. Gottfried höchstselbst sorgte dafür, dass die Minderbemittelten diese mirakulöse Arznei gratis erhielten. Dazu gründete er die Heiler-Stiftung, die schon nach kurzer Zeit durch das wohlwollende Zutun bereits behandelter Industrieller und Multimillionäre die dafür nötigen Mittel hatte.

Obwohl die meisten Länder anfänglich auf mannigfaltige Schwierigkeiten stießen, weil niemand so recht wusste, wie mit den neuen Gegebenheiten umzugehen sei und welche langfristigen Auswirkungen diese haben könnten, wirkte sich das Supermenschheitsheilmittel recht bald innenpolitisch, dann außenpolitisch und selbst weltpolitisch erstaunlich vorteilhaft aus.

Die behandelten Bewohner eines Landes erfuhren all die segensreichen Veränderungen durch das Elixier. Von der gesteigerten Vernunft bis zum bedingungslosen Verantwortungsgefühl veredelten sich alle menschlichen Triebe. Man ging zuvorkommend und freundlich miteinander um. Diejenigen, die sich einst einer verrohten Sprache bedient hatten, brachten kein hässliches Wort mehr über die Lippen. Alle ehemaligen Rassisten, die andere diskriminierten, Leute auf den Straßen anpöbelten und ausländerfeindliche Parolen schrien, in sozialen Netzwerken herumtrollten, Fake News verbreiteten, Mitmenschen auf primitive Weise verunglimpften, Tomaten oder Eier auf Politiker warfen, sie auspfiffen, niederbrüllten, sogar tätlich angriffen – sie alle verkehrten sich nach der Einnahme der mirakulösen Superarznei ins Gegenteil.

Ihre veredelten Triebe veranlassten sie, mit allen Menschen, welcher Hautfarbe, Rasse oder Religion auch immer, einen freundlichen Umgang zu pflegen, nur die Wahrheit über andere in den Medien und anderswo zu berichten und ihre Auffassung sachlich auf der politischen, wirtschaftlichen, sozialen und anderen Ebenen kundzutun. Alle waren bestrebt, das gesellschaftliche Zusammenleben so angenehm wie möglich zu gestalten.

Es gab kriminelle Elemente, die damit rechneten, dass die mit dem Elixier Behandelten verweichlichen würden und sich ihrer Haut nicht mehr zu wehren wüssten. Sie könne man doch sicher bequem und ohne Risiko bestehlen und betrügen. Ein Trugschluss, denn Verbrecher wurden nach wie vor verfolgt und in Gewahrsam genommen.

Wer von ihnen sich weigerte, das Paradiespflanzenextrakt einzunehmen, erhielt besondere psychologische Betreuung. Außerdem wurden diese Personen für die Dauer bis zu ihrer Einsicht verpflichtet, ihre gesamte Arbeitskraft dem Wohle der Allgemeinheit zu unterstellen und sinnvolle Arbeiten zu verrichten, für die sie nur spärlich entlohnt wurden.

Man verzichtete darauf, diesen Menschen das Elixier unter Zwang zu verabreichen. Das wäre zwar vordergründig wesentlich einfacher und weniger kostenintensiv gewesen, hätte aber einen Eingriff in die Persönlichkeitsrechte dargestellt, den die Gesellschaft aus ethischen Gründen nicht zu tätigen bereit war.

Wer dahingegen das wohlwirkende Heilmittel einnahm, konnte nach einigen Wochen als geistig-psychisch reinkarniert entlassen werden. All diese Menschen wurden schnell zu integrierten Mitgliedern der Gesellschaft und waren nie mehr fähig, einzubrechen, zu stehlen, zu morden, sich korrupt zu verhalten oder andere Delikte zu begehen.

Zu Unrecht inhaftierte politische Gefangene wurden sofort freigelassen, nachdem die Regierenden ihrer Länder innerlich verwandelt worden waren und sich für diese politischen Vergehen schämten.

Die Freigelassenen bat man um Vergebung, rehabilitierte und entschädigte sie ädäquat. Nahezu alle nahmen das Elixier ein und verziehen ihren Peinigern, die Gefängnisinsassen drangsaliert hatten. Ein gegenseitiges Verstehen und

Vergeben gehörte nunmehr zu einem normgerechten Umgang miteinander.

Immer mehr Gefängnisse konnten stillgelegt und abgerissen werden; an ihrer Stelle entstanden Wohngebäude oder zeitgemäße Einrichtungen für Pflegebedürftige.

In Ländern mit existierendem Krankenversicherungssystem verringerten sich die Mitgliedsbeiträge rasant, denn körperliche Gebrechen gehörten größtenteils der Vergangenheit an. Pandemien und Epidemien starben faktisch aus. In den Krankenhäusern werden seit dem Anbruch der neuen Zeit vorwiegend Unfallfolgen behandelt. Überdies sind die Entbindungsstationen unentbehrlich geblieben – und Schönheitskliniken.

Nicht mehr benötigte Krankenhäuser wurden zu Senioren-, Erholungs- und Pflegeheimen, in denen hervorragend ausgebildete Fachkräfte für das Wohlergehen der Bewohner sorgen. Denn trotz der wunderbaren Lebensqualität durch Heilers Elixier durchlaufen ebenfalls die Verwandelten am Ende des Lebens eine wenn auch kurze Phase des geistigen wie körperlichen Abbaus, bevor sie zumeist friedlich sterben. In dieser kurzen Zeit werden sie in solchen Einrichtungen umsorgt und begleitet.

Nicht nur die Gefängnisse und die Krankenhäuser leerten sich, sondern gleichfalls die Altersheime. Letztere werden erst ungefähr 150 bis 200 Jahre, nachdem die Bevölkerung das Volksheilmittel eingenommen hatte, wieder im verstärkten Maße benötigt. Viele der Alten ziehen es meist ab dem 230. Lebensjahr vor, ihren Lebensabend in einer spezialisierten Einrichtung für Hochbetagte zu verbringen, um sich dort von warmherzigen Pflegerinnen und Pflegern versorgen zu lassen.

Jahrzehnte gab es deshalb fast keine altersbedingten Beerdigungen mehr, und wenn sie vorkamen, dann hauptsächlich durch schwere Unfälle. Auto- und Motorradunfälle hatten sich durch das besonnene Verhalten der Menschen enorm vermindert, aber es gibt nach wie vor Arbeitsunfälle, technisch bedingte Unfälle.

Die Anzahl der Geburten hielt sich entgegen aller Befürchtungen in Grenzen. Vor allem wollten die jung gewordenen Alten, die bis dahin nicht den passenden Lebenspartner gefunden hatten und ledig geblieben waren, endlich den Bund fürs Leben schließen und die Vater- oder Mutterschaft erleben, wie es auch bei Gottfried und Maria der Fall war.

Vormals war es ja bereits besonders, wenn Ehen über Jahrzehnte und sogar bis zum Tode der Partner anhielten. So Begnadete feierten dann stolz die Gold-, Diamant-, Gnaden- oder sogar die Kronjuwelenhochzeit. Im Vernunftszeitalter mit den außergewöhnlich hohen Lebenserwartungen wurden dergleichen Ehen und Partnerschaftsbeziehungen nahezu alltäglich. Eine Garantie für das Funktionieren einer Ehe gab und gibt es jedoch nach wie vor nicht. Beziehungen gingen und gehen vorzeitig zu Ende. Aber es wird keine schmutzige Wäsche mehr gewaschen, es gibt keine Rosenkriege oder aufwendigen Scheidungsprozesse mehr. Die ehemaligen Partner gehen im freundschaftlichen Geist auseinander.

Obschon zahlreiche Jugendliche 20 bis 30 Jahre studieren, sich oft erst mit 50 partnerschaftlich binden und dann noch Jahre warten, bevor sie Kinder in die Welt setzen, so hat doch eine starke demografische Veränderung in allen Ländern stattgefunden. Selbst wenn nur alle 50 Jahre eine neue Generation von durchschnittlich ein bis zwei Nachkömmlingen pro Paar das Licht der Welt erblickt, ist die Anzahl der Bevölkerung im Laufe der Jahrzehnte enorm angewachsen. Glücklicherweise konnten hierfür ausgezeichnete Lösungen gefunden werden. Weltweit wurden Flächennutzung und

Nahrungsverteilung sowie weitere relevante Aspekte optimiert, die das Wachstum mühelos kompensieren.

Überall dort, wo das Heiler-Elixier vom Gros der Menschen eingenommen wurde, haben sich die Lebensverhältnisse rapide verbessert. Arbeitgeber sorgen für gute Arbeitsbedingungen und faire Bezahlung. Das steigert die Produktivität, die Angestellten fühlen sich wohl und die Schere zwischen Arm und Reich schließt sich zusehends.

Mittels genialer Arbeits- und Sozialpolitik wurde dank konzertierter Aktionen zwischen den Regierungen und den Arbeitgebern spürbare Arbeitslosigkeit trotz rasanter Digitalisierung, verstärkt eingesetzter künstlicher Intelligenz und fortschreitender Automatisierung verhindert.

Die schönen Künste haben eine beispiellose Renaissance erfahren. Der Bedarf an und Konsum von grauenvollen Horrorfilmen mit Gewaltexzessen, infernalen Folterungen und Gemetzeln, andere Darstellungen, die an die niedrigsten menschlichen Triebe appellieren und sie stimulieren, geht gegen null.

In den letzten Jahrzehnten der Unvernunftsepoche stieg die Jugendkriminalität in den meisten Ländern immer mehr an. Drogenschmuggel und -missbrauch, Zwangsprostitution, Einbrüche, Diebstähle, Straßenkrawalle et cetera nahmen überhand. Da kamen die Regierungsverantwortlichen allmählich auf die schlaue Idee, den Jugendlichen nicht mehr automatisch die Mündigkeit ab einem gewissen Alter zuzuerkennen. Man erhielt seine Volljährigkeit mit allen Rechten und Pflichten erst nach einer erfolgreich bestandenen ethischen Prüfung. Es hat eine Weile gedauert, bis sich dieses Konzept überall durchgesetzt hat. Jedoch zeigte diese Maßnahme alsbald Wirkung und die Kriminalstatistiken flachten immer weiter ab.

Dieses Prozedere verlor im Vernunftszeitalter seine Bedeutung, weil man schon den Säuglingen das Heiler-Elixier einflößt. Man beließ es jedoch weltweit und klugerweise bei einer bewährten Altersgrenze, weil Lebenserfahrung erworben und körperliche Reife erreicht werden sollte, bevor die jungen Menschen voll geschäftsfähig und voll verantwortlich für alle ihre Taten sein würden.

Als Heilers Elixier seinen Siegeszug um die Welt antrat, gab es einige Staaten, deren Regierungen nationalistisch eingestellt blieben und sich gegen die Einführung des Paradiespflanzenextraktes sträubten. Man versprach sich Vorteile und hoffte, als Wolf unter Schafen herrschen zu können.
Mit ausgefeilter Propaganda gelang es diesen Machthabern, Teile der Bevölkerung auf ihre Seite zu bringen. Sie warnten vor Überbevölkerung, einem langweiligen Leben, wenn alle nur nett zueinander wären, dem Verlust der Individualität und vor einer Preisgabe nationaler Interessen. Man schürte Ängste vor fallenden Ländergrenzen und einer letztlich supernationalen Weltregierung, die keine Rücksicht mehr auf die regionalen Belange nehmen würde. Das sei unbedingt zu verhindern.

Doch in letzter Konsequenz half alles Argumentieren und Wettern gegen das verlockende Gesundheitsmittel nichts. Immer mehr Bewohner dieser Länder wollten gesunden und ein langes Leben führen. Die nationalistischen Politiker wurden entweder abgewählt oder mussten dem Verlangen ihrer Bevölkerung nachgeben, als klar wurde, dass selbst mit Polizeigewalt nichts auszurichten war.

Nach allem Zaudern und Zögern erlagen schließlich auch diese Regierungen den unübersehbaren Vorteilen, die den Menschen durch das Heiler-Elixier geboten wurden. Nachdem sie selbst die Paradiespflanzenmixtur eingenommen hatten, verschwand wie erwartet ihre patriotisch-nationalistische Einstellung nach und nach völlig.

Da nun alle Länder der Erde im Vernunftszeitalter angelangt sind, ihre Bürger eine friedliche Gesinnung zeigen, im Nächsten das Ich erblicken und keine nationalistischen oder extrem völkischen Gedanken mehr hegen, ist sehr schnell die Idee aufgekommen, nicht nur viel enger zusammenzuarbeiten, sondern auch die Länder immer enger miteinander verschmelzen zu lassen. So bildeten sich zunächst weltweit mehrere föderale Friedensunionen. Die Geschicke der Länder innerhalb einer Union wurden von einer Unionsregierung geleitet, in der Politiker aller zu ihr gehörenden Länder vertreten waren. Nachdem die Bürger sämtlicher Unionen aufgrund einer pragmatischen und nicht irgendeiner ideologischen Politik annähernd dasselbe Lebensniveau erreicht hatten, kamen die weisen Unionsführer einschließlich deren Regierungen sehr schnell zu der lebensklugen Einsicht, dass es für alle Erdenbürger am besten wäre, die bestehenden Unionen zu einem föderalen Weltstaat zusammenzuschließen, der einer friedlichen Weltregierung unterstellt wird, was selbstverständlich zur Öffnung aller Grenzen in der Welt geführt hat. So markieren nun die ursprünglichen Unionsgrenzen nur noch mehr oder weniger größere Verwaltungsregionen. Dass es verhältnismäßig schnell zu diesem einzigartigen Weltstaatenfriedensprojekt gekommen war, hing vor allem damit zusammen, dass die reicheren Industrieländer sofort nach Beginn der Vernunftsepoche den armen Entwicklungsländern in allen Belangen zur Seite standen.

Eine der weltweit größten Hürden bei der Überwindung alter Denkweisen war das Besiegen der Angst. Angst und Selbsterhaltungstrieb wurden durch das Elixier nicht beeinflusst. Jahrhunderte lang hatten Länder und Nationen sich voreinander gefürchtet und immer perversere Waffen erfunden, aufgerüstet und sich gegenseitig mit Auslöschung gedroht. Das damals sogenannte „Gleichgewicht der Kräfte“ verhinderte letztlich zwar die atomare Vernichtung der Erde, aber das war wohl nur Glück, denn das System hatte einen Schönheitsfehler: Auch ein völlig unberechenbarer, religiös verblendeter oder größenwahnsinniger Warlord hätte auf den falschen Knopf drücken können, was zu einer desaströsen Kettenreaktion geführt hätte. Die Welt hätte mit den aufgerüsteten Waffenarsenalen Hunderte Male zerstört und die Menschheit mit Horrorkrankheiten aus den Gen- und Chemielabors unzählige Male ausgerottet werden können. Die Angst vor diesen Szenarien stellte sich anfänglich trotz Paradiespflanzenextrakt als großer Hemmschuh bei den weltweiten Abrüstungsbemühungen dar. Denn zu Beginn des Vernunftzeitalters wollte sich noch niemand völlig schutzlos dem Wohlwollen der nicht völlig psychisch-geistig erneuerten ehemaligen Feinde ausliefern.

Doch mit der Zeit gelang es der auf Frieden und Völkerverständigung ausgerichteten Weltregierung, die Waffenarsenale abzubauen und die Neuproduktion zu verhindern. Das einst für dieses sinnfreie Verhalten ausgegebene Geld wurde in riesige Bauprojekte gesteckt.

Wo einst Mauern, Grenzzäune, Stacheldraht, Todesstreifen oder Niemandsland die Staaten trennten, sind mittlerweile in Parks eingebettete stattliche Häuserkolonien zu bewundern. Zahlreiche Wüstengebiete sind bewässert und begrünt worden, wodurch mehr Lebensraum für die angestiegene Weltbevölkerung geschaffen werden konnte. Die auf Frieden und Völkerverständigung ausgerichtete Weltregierung ist zudem beständig bemüht, den Menschen an ihren

Wohnorten eine echte Heimat zu bieten, damit sie dort glücklich sind.

Im Vernunftszeitalter mit zigmilliarden Erdenbürgern gibt es für alle menschenwürdige Unterkünfte sowie eine ausreichende Wasser- und Lebensmittelversorgung. Bei der klug ausgetüftelten sozialen Wirtschafts-, Finanz- und Wohnungspolitik gäbe es sogar noch zusätzlichen Lebensraum für einige weitere Milliarden Bewohner auf unserer Weltkugel, ohne das heute mehr als sensible Gleichgewicht von Flora und Fauna zu erschüttern.

Um die Ernährung aller sicherzustellen, sind verschiedenste Landwirtschaftsprojekte entwickelt worden. Neue biologische Verfahren erhöhen drastisch die Bodenqualität. Schwimmende Getreidezuchtanlagen auf speziellen Seen vervielfachen die Reisernten. Überall wo möglich floriert das „vertical farming", das vor allem in den vielen Großstädten mit ihren Hochhäusern für den regionalen Anbau von Obst und Gemüse genutzt wird.

Die Schifffahrtsbranche hat sich neu erfunden. Neben dem Umbau der großen Luxuskreuzfahrtschiffe und der Containerflotten zu umweltfreundlichen Gefährten entwickeln die Schiffsbauer heute riesige, völlig autarke schwimmende Städte. Dank eigener Energiewirtschaft mit Gezeiten-, Wind- und Sonnenenergieanlagen, mit Umland für den Ackerbau unter schwimmenden Kuppeln im Schlepp, eigener Meerwasseraufbereitung, einem in sich geschlossenen Recyclingsystem und Arbeitsplätzen für Tausende entsteht so weiterer Lebens- und Wohnraum. Für nachhaltigen Fischfang und den Betrieb von Aquafarmen sind diese schwimmenden Städte ebenfalls prädestiniert.

So erhielten nach dem Anstieg des Meeresspiegels auch einige indigene Völker und Inselstaaten wenn gewünscht ihre eigene, neue „Heimatinsel“. Denn trotz technischer Höchstanstrengungen sind leider nicht alle Folgen des vorangegangenen Raubbaus an der Natur und dem daraus resultierenden Klimawandel revidierbar. Viele Arten in Fauna und Flora sind unwiederbringlich ausgestorben, unschätzbares Wissen um natürliche Medizin ist mit den großflächigen Verlusten der Regenwaldflächen verloren gegangen. Das Wetter ist ein ständig zu beobachtender Unsicherheitsfaktor, dem man durch besondere Bau- und Schutzmaßnahmen Rechnung tragen muss. Positiv hat sich der immens verminderte CO_2-Ausstoß bemerkbar gemacht und die Erderwärmung scheint vor dem totalen Kollaps gestoppt zu sein.

Nur ein Kuriosum, aber nicht zu unterschätzen ist der Umstand, dass viele der ehemaligen von Syndikaten und ganzen Industrien professionell betriebenen klimatisierten Cannabisplantagen in den mit Wachstumslampen ausgestatteten Anlagen sowohl in den Dienst der Wissenschaft gestellt als auch zur Aufzucht bestimmter Pflanzensorten genutzt werden.

Ein Kopfschütteln entsteht heutzutage bei Schülern und Studenten während historischer Studien vergangener Epochen, wenn sie erfahren, dass es bei nur wenigen Milliarden Erdbewohnern zu schweren Hungersnöten kam und ein großer Teil der Menschen insbesondere der sogenannten „Dritten Welt“ in erbärmlichen Unterkünften hausen musste, sich durch Betteln am Leben erhielt oder in Müllhalden herumwühlte, um etwas Essbares zu finden – von sauberem Trinkwasser gar nicht zu reden. Gleichzeitig wurden in den reichen Industrienationen Hunderttausende Tonnen überproduzierter Nahrungsmittel in den Müll geworfen. Sie sind sprachlos, wenn sie das verrückte kriegerische Verhalten der Völker unter die Lupe nehmen, das zu unvorstellbarem

Elend führte. Man sucht nach Erklärungen, wie es einst möglich sein konnte, dass es unmenschliche Misshandlungen und Folterungen gab und sogar rechtlich abgesegnete Todesurteile vollstreckt wurden.

Philosophen, Psychologen, Theologen, Soziologen und andere machen heute vor allem das falsche Gottesverständnis und Menschenbild, das in den vergangenen Erdepochen vorherrschte, für solche dramatischen menschlichen Fehlentwicklungen verantwortlich.

Die Energiewende, deren Notwendigkeit sogar in der letzten Epoche der Unvernunft wegen des unübersehbaren Klimawandels immer deutlicher wurde, hat man bereits damals wenn auch zu zaghaft eingeläutet. Im erreichten Vernunftszeitalter wurden weltweit äußerst positive Resultate erzielt. Es gibt nirgends mehr Schornsteine, die dunklen Rauch in die Luft spucken. Autos und sonstige Verkehrsmittel werden mit sauberer Energie emissionsfrei angetrieben. Wind, Sonne und Wasserstoff bewähren sich durch immer ausgeklügeltere Systeme auf Hochhäusern und Dächern als effektive Energiequellen. Das erste kleine Fusionskraftwerk liefert bereits seit einigen Jahren Strom, befindet sich aber aufgrund der gefährlichen Technik in einem zeitlich unbegrenzten Forschungsbetrieb. Der oberirdische Gleisausbau ist in den letzten Jahren wo möglich eingestellt worden. Stattdessen existieren immer mehr unterirdische Tunnelröhren, durch die Züge mit einer Geschwindigkeit von 1.200 km/h schießen.

Der Welthandel, der keinen Zollschranken mehr unterworfen ist, floriert zum Vorteil aller und die einheitliche Weltwährung Globo fördert den reibungslosen Handelsablauf.

Jedes Jahr wird auf der gesamten Erdkugel der Weltfriedenstag als universeller gesetzlicher Feiertag festlich begangen. Überall finden Umzüge statt, die den pazifistischen zwischenmenschlichen Umgang der Bürger feiern. Statt Panzer und anderer Tötungmaschinen, wie sie den Bevölkerungen bei Gedenktagen in verschiedenen Ländern früher einmal gezeigt wurden, sieht man heute die neuesten Erntemaschinen und andere epochale Errungenschaften.

An dieser Stelle soll besonders hervorgehoben werden, dass nur Politiker werden kann, wer an einer Universität Friedens- und Konfliktforschung studiert hat und vor einer von der Weltregierung bestimmten Prüfungskommission ein Examen ablegt – eine Vorschrift, die in der Verfassung der Weltregierung verankert ist. Zudem wurde es zur Selbstverständlichkeit, dass alle, die für einen Regierungsposten ausgewählt werden, vor der Menschheit einen Eid ablegen, das Möglichste zu tun, um die freundschaftlichen Beziehungen zu allen Völkern aufrechtzuerhalten sowie den inneren und äußeren Frieden zu wahren.

Alle Gesetze, die inzwischen von der Weltregierung erlassen worden sind, befinden sich mit der allseits anerkannten universellen Leben-Liebe-Norm im Einklang.

Nachdem bei allen Gläubigen jeglicher Ausrichtung und den geistlichen Führern der Weltreligionen der heilsame Paradiespflanzenextrakt seine Wirkung entfaltete, wurde von allen sofort begriffen, welch ungeheurer Schatz sich in der Erkenntnis dieser Norm verbirgt. Allem, was ihr widerspricht, wird keinerlei Bedeutung mehr beigemessen, weil es nicht von einem universellen Geist der Liebe stammen könne. Diese Einsicht hat zu einer toleranten Haltung gegenüber Andersdenkenden und Andersgläubigen geführt. Überhaupt haben alle für die Menschheit nachteiligen extremen Ansichten keine Chance mehr, sich zu entwickeln.

Eine Umfrage hat ergeben, dass deutlich über 99 Prozent der Weltbevölkerung mit dem, was in den ersten 100 Jahren der neuen Weltepoche erreicht worden ist, mehr als glücklich sind. Das Ziel der Weltregierung besteht darin, eine 100%ige Zufriedenstellung aller zu erzielen, was in höchstens einem Jahrzehnt erreicht sein soll.

Wir alle sind uns im Klaren darüber, dass all dies ohne die heilende Wirkung der Paradiespflanze niemals stattgefunden hätte und die Erde heute wahrscheinlich ein verbrannter, grauer Klumpen Asche im All wäre. Und auch, wenn viele in dem durch das Heilprodukt Erlangten etwas Paradiesisches erkennen, ist allen bewusst, dass man nicht vom Paradies im etwa biblischen Sinne sprechen kann. Gewiss hat das Elixier allen, die es eingenommen haben, eine hohe Immunität gegen die meisten Krankheiten verschafft und Schmerzen beseitigt, aber beispielsweise nicht alle vererbten Krankheiten heilen können oder den in Kriegen des Unvernunftszeitalters Verkrüppelten die fehlenden Körperteile nachwachsen lassen. Doch Bionik und Gentechnik arbeiten auch an diesen Problemen und einige der neuzeitlichen Errungenschaften haben bereits geholfen, diesen Menschen ein lebenswerteres Dasein zu schenken.

Wer studienhalber das Vernunftszeitalter mit der präheiler'schen Epoche vergleicht, stellt verblüfft fest, dass sich die Erdbevölkerung immer mehr von der materialistischen Weltanschauung abwendet, sich nach einem echten Paradies sehnt und sich deshalb immer mehr dem Spirituellen, dem Transzendenten zuwendet.

Es gäbe noch über viele weitere herausragende Qualitäten des Lebens im Vernunftszeitalter zu berichten, doch der Interessierte erfährt davon ohnehin über die verschiedensten Medien. Alle bedauern zutiefst, dass bis jetzt noch kein Impfstoff aus der Paradiespflanze entwickelt werden konnte, der die hierfür infrage kommenden menschlichen Gene so verändert, dass die veredelnden Charaktereigenschaften, die Immunität gegen die meisten Krankheiten wie auch das Erreichen des hohen Lebensalters vererbt werden. Wir, Gottfrieds und Marias Nachkommen, die das Werk ihrer Eltern und Ureltern fortführen und in Labors intensiv daran arbeiten, sind inzwischen auf einer vielversprechenden Spur eines Vakzins, das eine derartige Wirkung entfaltet. Hoffen wir, dass dessen Herstellung bald gelingt.

Gern hätten Gottfried Heiler und seine Gemahlin Maria diesen Tag noch erlebt, doch Gottfried ist vor Jahren – etwa 165 Jahre nach der Entdeckung der Paradiespflanze – im Alter von 254 Jahren gestorben. Maria hat ihn um sieben Jahre überlebt.

Sie waren stolz und überglücklich, ihr Lebenswerk vollenden zu können, indem sie innerhalb weniger Jahre genügend Fläschchen der mirakulösen Paradiespflanzenflüssigkeit herstellen konnten, um die Menschheit in die neue Epoche führen zu können.

Nachdem nunmehr Kriege und Mordgeschrei für immer verschwunden sind, arbeiten alle Völker der Erde friedlich am Weltraumprojekt. Darüber gäbe es von kolossalen und sensationellen Fortschritten zu berichten, was den Rahmen dieser wunderlichen Geschichte jedoch sprengen würde. Die beiden Laboratorien, ein kleineres und ein größeres, die auf dem Mond installiert wurden, seien hier jedoch erwähnt. Der Bau einer dritten gigantischen Forschungseinrichtung ist in vollem Gange. Ebenso wurde innovative Infrastruktur für den Transport auf dem Trabanten erdacht. Das seit mehreren Jahrzehnten existierende halbkugelförmige Mondhotel ist immer ausgebucht. Jeder möchte die so prägende Erfahrung machen, seinen Heimatplaneten als blaue Kugel im All zu betrachten und den spektakuläreren Sternenhimmel zu genießen. Abgesehen von dem internationalen Forschungszentrum auf dem Mars, an dessen Erweiterung bereits intensiv gearbeitet wird, sind dort und später auf anderen Himmelskörpern ähnliche Projekte vorgesehen wie auf dem Mond. Es werden noch Jahrzehnte, vielleicht ein Jahrhundert vergehen, bis sich diese Menschheitsträume erfüllen. Doch viele Erdenbürger bevorzugen nach wie vor das geflügelte Wort aus der Feder Goethes: „Warum in die Ferne schweifen … sieh, das Gute liegt so nah“, und denken dabei an das Allerwichtigste, was die Menschheit nach einer so langen unheilvollen Geschichte endlich vollbracht hat. Sie hat aus der Erde einen Friedensplaneten gemacht, der von Tag zu Tag noch paradiesischer gestaltet werden soll.

Eine Welt, in der alle Völker mit ihren unterschiedlichen Kulturen und Religionen friedlich verbunden sind und in der alle Menschen ein langes und fürstliches Leben führen können, ist geschaffen worden. Das kann gar nicht hoch genug geschätzt werden. Ein fast unerreichbarer Menschheitstraum ist wahr geworden!

Postskriptum

Friedemann Gernefroh nahm im Alter von 242 Jahren unter Aufsicht von Gottfried Heiler zum zweiten Mal exakt nach Vorschrift das Paradiespflanzenextrakt ein. Etwa drei Wochen später verfärbten sich seine reinweißen Augenbrauen silbergrau. Mehr passierte nicht.

Friedemann erfreute sich überraschend lange, nämlich bis zu seinem 274. Geburtstag, tadelloser Gesundheit und entschlief friedlich im Kreise seiner besten Freunde.

Eine dritte Einnahme des Elixiers sechs Monate vor seinem Tod blieb gänzlich ohne Wirkung.

Bis heute wurde das Ziel, aus dem heiler'schen Elixier einen Impfstoff zu entwickeln, trotz bahnbrechender Fortschritte in der Wissenschaft nicht erreicht.

* * *

Auch im wesText Verlag erschienen

London im Jahr 2011. Die Wirtschaftskrise wirkt noch nach und macht besonders den ‚kleinen Leuten' zu schaffen. Da entdeckt die nette und rüstige Rentnerin Maude eine ungeahnte Fähigkeit, zu Geld zu kommen. Als sie spontan einigen hilfsbedürftigen Mitmenschen unter die Arme greift, bringt ihr gutes Herz sie schnell in Schwierigkeiten. Sie gerät in einen Sog aus Machtgier, Geldsucht und Mordlust. Wie gut, dass ihr in dieser Zeit mit Sir Ashton ein echter Freund begegnet, der ihr in den schlimmsten Stunden beisteht. Er ist ein einflussreicher und wohlhabender Mann, der alles tut, um Maude zu beschützen. Doch auch er kann die Gefahr nicht abwenden, die ihr droht, und gerät selbst in den Strudel der Ereignisse …

Taschenbuch	ISBN 978-3-944972-09-1 • Euro 12,90
E-Book	ISBN 978-3-944972-10-7 • Euro 6,90